時報出版

離騷未盡

楚影

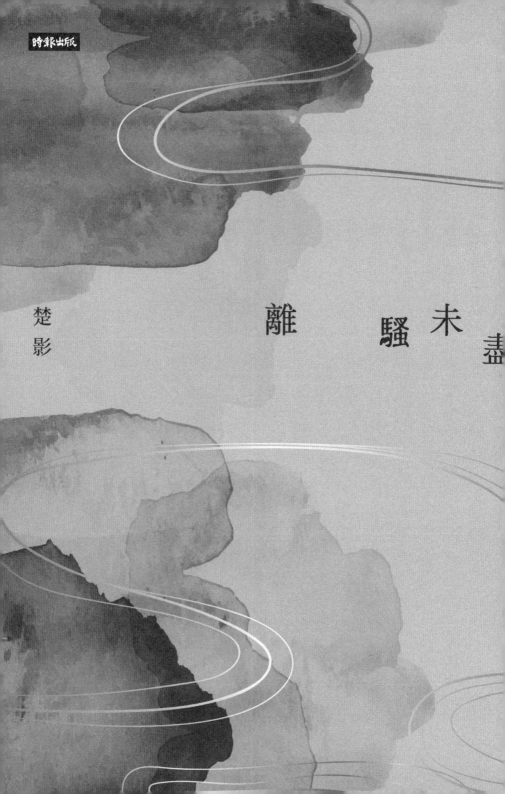

目次

前言　致兩千年前的你

楚影

二十年前，日本漫畫《棋靈王》風靡一時，在我心裡也留下了深刻的記憶。

對我來說，最經典一幕，莫過於「sai vs toya koyo」這一局。

爲了尋求「神之一手」的境界，而在世上徘徊千年的藤原佐爲，對弈現代圍棋界第一人的塔矢行洋；棋局來往激烈，互不相讓，最後結果由佐爲獲勝，但一旁觀戰的主角進藤光，卻點出了可以逆轉勝負的一手。至此，面對這一手所綻放出的耀眼光芒，佐爲才覺悟到，原來「上天是爲了讓阿光看到這局棋，而延續自己千年的時間」，知道自己的使命已然結束，之後便在不成告別的不捨中，從此消失。

情節如此發展，進藤光必然會從中發現某些意義，而我也在多年後，體會到屬於自己的啓示。而我的啓示，是在文字裡發現的，至今所有創作的那一個開始，跟屈原有關。

因爲初識〈離騷〉的不解其意，我只能從作者的背景去探求；原本的困惑不但沒有解開，反而衍生新的問題——爲什麼屈原會選擇如此結局？

眾說自是紛紜，但我看見一件事，屈原的傾盡所有，流淚和受傷，都只為了一個人，那人就是楚懷王。於是我開始去了解，關於王的背後——楚國的歷史和文化，以及《楚辭》帶給後世的影響；而我更因為如此接觸，替自己取了被同化的筆名。

屈原的人生，隨著他投入江水的那一刻，在我的心中掀起了波瀾。至此，我才開始想把寫作這件事，變成生命中的一部分，有朝一日，也要為屈原寫下他的故事。

屈原不會知道千百年之後，這個世界上有我的存在，可是相對遙遠未來的我，卻能夠看見他的文字，進而寫下自己的篇章；這是否說明著有一種寄託，只要透過時間的等待，一定會遇到傳承意志的人。

於是我突然明白，如果此生也背負著一項使命，那應該是要對屈原說：「致兩千年前的你，我知道〈天問〉即是問天——『時間究竟是什麼？』我聽見了，所以，這部小說，就是我要給你的回音。」

楔子

「遠接商周祚最長，北盟齊晉勢爭強。章華歌舞終蕭瑟，雲夢風煙舊莽蒼。
草合離宮惟雁起，盜穿荒塚有狐藏。離騷未盡靈均恨，志士千秋淚滿裳。」

——陸游．〈哀郢〉

一個只剩月牙懸在那裡的深夜。

原本的滿天星辰，像是被人藏起。

黑暗籠罩之下，楚王芈熊良夫在位的楚國郢都內，有兩人對這如死一般的寂靜，毫不介意，並肩走進一處官邸。

這座官邸頗具規模，但和楚國最高統治之人，所在的王宮相比，還是遜色許多。不過居住於此的人，其家世卻不容小覷，曾官拜莫敖——乃屈氏世襲之官。莫敖原爲楚國最高官職，有參與國政與軍事的資格，昔日楚武王嫌其封號太重，擔憂把權坐大，便設立令尹一職，與莫敖相提並論，處於互相制衡的地位。後來莫敖廢置不常，地位逐漸降低，到現在已是中落的境地。

雖然影響力不再，此地主人屈伯庸，仍恪守著先人流傳下來的自律，不改忠君的心志。

而今，是屈伯庸大喜的日子，他的孩子降生於世。爲此，他請來自己的忘年之交——現從太卜一職的景覼，想要分享得子的喜悅，順便問其吉凶。

話說景覈此人，是楚國目前公認靈力最強大的覡，年紀不過三十出頭，就已被楚王破格任命為太卜，可見其天資備受矚目。

通過大門，屈伯庸吩咐僕從，到臥房懷抱嬰兒，接著三人進入室內，只見室內燭火通明，占卜所用的龜甲和荊枝，已然備好放在中央的案上，僕從將嬰兒小心地交給屈伯庸，隨即掩上房門，退避而出。

景覈走到桌旁，辨別方位，取西而坐面東，屈伯庸見狀，便抱著嬰兒坐在景覈左邊，準備進行占卜。

景覈正視嬰兒，說道：「時序來到孟陬，太歲正逢攝提，今日又是庚寅。生辰貴於三寅，這嬰兒一出生便已不凡。」

「三寅之兆，我也曾聽聞。」屈伯庸頷首答道。

雖是禎祥，景覈的神情卻顯得凝重，說道：「那麼，請命龜。」

「我想問，這嬰兒，未來能不能興我屈氏和楚國？」

景覈聞言，略為一頓，拿起荊枝，在火上燃燒，隨後將荊枝燒紅的末端，用以燎灼龜甲背面已鑿畢的凹穴。經過片刻，承受灼燒的龜甲，發出因受熱裂開的「卜」聲；景覈心知正面已產生裂痕，便撤去荊枝，將龜甲翻過擺正，端詳裂痕所顯示的徵兆。

見占卜已成，不待景覈發言，屈伯庸便問道：「結果如何？」

「貞為祥，亦不吉。滿與憾，荊楚地。」景覈緩緩答道。

「該作何解？」

「三寅……確是極為難得的禎祥，但萬事皆有一體兩面，是故也屬惡兆。就像你知道水能承載小舟，也能傾覆小舟。你不能等閒視之。」

「我不明白，何壞之有？」

「最好終生都別讓他接近君王。」

「何故？」

「儘管全天下絕非只有這嬰兒在此時出生，但你屈氏一家，畢竟流著王族的血，因此這嬰兒的命運，必然是過於強大，足以左右楚國。」

「照你所說，我屈氏爲楚國三家之一，雖然此時並非顯貴，我慚愧萬分，但要終生不接近君王，談何容易。更別說承蒙大王召見，可能就在旦夕之間。」

「我知道你的處境。」

「那麼，你打算要我怎麼做？」

「只有一個方法，但是……」

「你可直言。」

「就是……殺死這嬰兒，此爲上策。」

景褰話語剛落，屈伯庸臉色驟變，問道：「何出狂悖之語？這嬰兒才剛降生，連名與字都尚未採取，你於心何忍？」

「我非狂悖，能夠左右國勢，這就是他背負的命運！我不過把事實和建議告訴你。你要深思，只爲你屈氏一家，影響將來的大王，國勢可能會動盪不安，你忠心可在？」

「我不信！我情願相信這嬰兒會讓楚國強盛，殺子之言，不要再說。」

「你有何決心？」

「換作是你，你能下手？」

景覈並未答話，隨即抽出屈伯庸腰際的劍，朝著嬰兒就要斬下——屈伯庸伸出右手去擋，但景覈手中的劍，在碰到屈伯庸的手之前，就停止不動。

「景覈！」屈伯庸蹙眉。

「我已明白。」景覈看著睡得正穩的嬰兒，不禁莞爾，「楚國哪楚國……」

「我會盡我所能培育他，希望他將來可以爲國做出貢獻。」

「但願你是對的一方。既然命龜已成，我也該告辭。」

「我遣僕從送你回去。」

「無妨。我如何來，就如何回去。」

屈伯庸沒有再多說，抱著嬰兒，送景覈走出內室，直到大門。

「有閒暇之時，我會再來探望。」景覈說道。

「有勞。」屈伯庸微微點頭。

告辭屈伯庸之後，景覈走在回靈鳳宮的路上，抬頭對著右前方，飄然在半空中的年輕男子說道：「有看見那嬰兒否？」

那男子沒有回話，只是看著景覈。

景覈像是早就習慣男子的默然，繼續說道：「帶他到這世上，是少司命的判斷；不過，我會在這裡，則是你的決定。由於上天賜予的血統，大司命，他總有一天會看見你的存在，等到那日，也就是我離開王都之時……每個人，都有自己的命運。」

大司命依然不語，對著景斁一笑，隨即揮袂，飛快地遁入夜色之中。

左徒

父親說，在大楚面前，是不能有個人的意志。一個人的意志，假使太過專斷，結合權力，對國家來說，充滿危險。在過往的歷史上，有太多例子。身為後來的人，不能再重蹈覆轍。這就是歷史，之於任何人的意義。

但是這樣的自律，只局限於臣子。對於王，大楚最高的統治者，整個國家都必須隨著他轉動。包括我——屈平，也只是王的一部分；無論是生是死，都要付出自己。王在，那麼臣在。假使王過於專斷，導致失敗，那必然也是臣子的失策。為了讓王不會有任何蒙羞，為了讓大楚稱霸列國，我必須竭盡所能，輔佐王。

從學語、識字以來，父親在各方面的督促，使我對此做好準備。如今，終於等到被王徵召。可惜父親已不祿多年，無法親見屈氏由我開始振興。看著大楚，在王的治理之下，由我的改革而強盛起來，這也是父親一生的志向。我對父親的思念之情，與日俱增，而我只能前進。

背負沉重的孤獨，所幸有大司命。

父親在對秦國的一場戰爭中陣亡，消息傳回大楚朝廷，再報至我家。那時為了處理父親的喪葬，鎮日壓抑悲傷，夜裡輾轉難寐，精神日漸衰弱。有一天將要天明之際，我披衣起身坐著，回憶起與父親種種，終於忍不住放聲痛哭。在那個時候，一名男子出現在我眼前不遠處，我驚訝地停下哭泣，直覺祂是神靈，只是我不知道是誰。而祂似乎看穿我的心思，開口卻沒有出聲，而我聽見耳邊傳來低沉的嗓音：「大司命。」

陽光從牖外照進屋內，祂的模樣漸漸明朗起來。我凝視著祂，一身素衣，披髮不羈，面容清秀——這就是大楚神靈之一，職掌生死禍福的大司命？

祂只是莞爾。我的驚訝逐漸消失，取而代之的是一種安定感，雖然不明白是什麼原因，但時常聽說神靈是撫慰人心的存在，此刻所見，果然不虛。我整頓好思緒，一連詢問大司命幾個困惑，比如說「我的父親如何陣亡」、「我的人生是否已盡」、「是否還有如你的神靈存在」等等，都是跟祂有關的困惑——但無論我如何追問，祂都沒有回答。

祂就只是莞爾。

眼看是得不出所以然，就在我想放棄的時候，我對著祂看我的目光，直覺發問「你今後是否會在我左右」——已經無謂答案的疑惑。

雖然祂依舊莞爾，但出乎意料，祂頷首以答。

至此之後，大司命如影隨形，每當我晨起、用膳、著述、練武、拜訪、漫步、獨思、就寢——運行生活的規律，只要我想到祂的時候，一偏頭，總是能看見祂，回我一個莞爾。

夏末秋至，冬去春來，就這樣經過無數日子。

我曾試探過別人能不能看到祂，而祂也未刻意隱身，但從來沒有人看見；我更問過幾個認識的巫覡，他們只是說有感應到，至於確切的面目，則說不清楚，語帶模糊。

這表示他們祭祀的繁複，音樂的眞切，都是虛假？他們向世人描繪的神靈，形象的生動，都是虛無？

我不完全那麼認為。雖然我並未進一步接觸大司命，但至少祂存在於我眼前，這件事情是不用懷疑的，我相信我看見的祂。而巫覡只是用另一種方式去感知祂，即使沒有像我這樣見過，也不減尊崇。我認為如此心態相當正確，倘若失敬於神靈，神靈便會降祟於國家，大楚的未來就有危險。對神靈心存敬畏，是自然不過的事。

巫覡的責任就是把這樣的信念，傳遞給生活在這天下每一個人。而我，也有該承擔的責任，正是因為如此，我現在才會走在前往大楚朝廷的路上，沒有猶豫。

眼前，就是朝廷。雖然早已來過這裡，但我還是深吸一口氣，然後踏著石階，一步一步，帶著父親從前的祝福，還有大司命的眷顧，往理想走去。

跨過朝廷的門檻，朝臣大多已經就位，也有幾人在我身後到達。我入列之後，略微整理朝服，和眾人一同等待，王的到來。

稍待片刻，王終於現身。王身穿一襲龍鳳虎紋刺繡的袍服，火紅的，會立刻奪人目光的那種深刻，緩步走向座位。我不是第一次見到王，但我總覺得，今日的王，有那麼一點特別，像是剛剛經過我面前的時候，稍微看我，而那眼神，是帶著期許的，如同父親一般。

王就座之後，說道：「寡人今日召見，不為一般的議事，是想讓諸君聽一些話。」

一些話？王不是為了宣布對我的任命，才召見朝臣？有何話語，會比這件事更重要？但我想，王自有他的道理。

「『西拒狼秦，北合三家，聯燕制齊。』」王掃視群臣，「各位認為如何？」

這是我上書給王的內容，關於大楚當前形勢，對列國外交的建議。

這時，上大夫陳軫出列答道：「此為上等的謀略，大王可重用劃策之人。」

「依你看來，此人可以擔任何職？」

「臣以為，大王已是心有定見。此次召集，也是打算讓朝臣明白此人。」

王放聲笑著，像是非常滿意陳軫的回答，繼續說道：「屈平，你欲擔任何職？」

聽見王點起我的氏名，我隨即出列：「臣聽從大王評斷。無論任何職位，都是為了大楚，盡心竭力。」

「回答寡人。在什麼職位，才能夠發揮你的謀略？」

我曾經將大楚官職想過一遍，又反覆想過幾次，每次的最後，都停留在父親生前最期望我到達的那個位置。

而此刻，我決定說出。

「左徒。」我作揖答道。

王先是一愣，再次放聲笑著。見我如此回答，群臣跟王的反應，是一樣的。

我何嘗不知道他們為什麼笑。我何嘗不清楚左徒有多重要。

「左徒如此可得？」

「請大王恕罪。」

「將信物交給屈平。」王看著一旁的謁者逢逸，「敢開口，寡人就敢給。」

逢逸走到我面前，雙手奉上白銀嵌龍帶鉤。這白銀嵌龍帶鉤，正是左徒的象徵——所謂帶鉤，就是用來佩於腰際，顯示自己身分的信物。

看到眼前如此，我反不明白，這顯然是早已準備，難道王打從決定召見，就要讓我擔任左徒？

我慎重接過白銀嵌龍帶鉤，看著王，說道：「臣不明白……」

王打斷我的話頭，說道：「你上書的內容，跟寡人所想一樣。秦國日益壯大，假使各國不再聯合，終究無一倖免。大楚還有不少沉痾，需要改革。所以寡人考慮已畢，要讓你發揮才能，只有左徒這個位置最合適。」

「臣深謝大王器重。」

我一時之間，內心激動無比，只能感謝，凝視著王。

「大王，臣反對。左徒一職，不能由屈平擔任。」公子子蘭上前，回頭看我，「雖然說屈氏一家，忠心不用質疑。但屈平參與朝政才沒多久，資歷尚淺，恐怕楚國上下難以信服。」

我所知道的、清楚的擔憂，群臣剛剛所訕笑的原因，全都被子蘭道破。直接地，不留一點餘地的劃開，像是要從我胸膛中挖出什麼來，輕視，踐踏。

「你這是不相信寡人的眼光？」

「臣不敢。只是左徒需要處理內外事務，甚至擁有代表大王的權力。再怎麼說，都不能匆促決定。」

「寡人已注意屈平很久。」王看著我，「每次朝政，屈平總是專心致志。散朝之後，會把議論之事的好壞，全數條列分明，在正午前遣人送至宮內，沒有一次延遲。」

「臣亦有耳聞，屈平如此，分明擅權越職，大王不追究已是開恩，竟然還要將左徒這個官職交給他？」

「『臣亦有耳聞。』」王把視線落在子蘭身上，「寡人在位十三年，從來沒有一個朝臣敢那樣做，也從來沒有一個朝臣像屈平敢這樣說。子蘭啊，你是不是，用心過頭？」

子蘭默不作聲，悄然入列。

王繼續說道：「屈平對大楚如此切實負責，正是因爲不在其位，寡人更要任命他當左徒。」

「臣先向大王賀喜，楚國前途無憂。」陳軫說道。

朝臣一片附和之聲。我同時也感覺到朝臣的兩種眼光，一道冷淡，一道熱烈。

而我只是看著王。眞的，王今日很特別。火紅的，像準備展翅高飛的鳳凰，俯瞰大楚，還有整個天下。而我願意追隨，用我滿腔熱血，化爲屬於王的火紅。

「屈平。」

王的聲音，讓朝廷安靜下來，也讓我回過神來。

「大王。」我往前幾步。

「從即刻起，你就是左徒。寡人命你起草憲令，務必使大楚得以圖強，不得有誤。若有疑難，可親至宮內，與寡人相商。」

「臣絕不負大王所託。」

「那今日召見就到此爲止，散朝。」

我和朝臣一齊向王行禮，緩步退出朝廷。我刻意走在最後，跨出門檻，不知道爲何，我就是想回頭，一看，只見子蘭還待在原地，神情冷漠，直盯著我。更遠，是王。我和子蘭，都在王的視線之內。我知道王在看。

我對著王，再次行禮，轉身離開。

什麼都不用多說。

我手裡緊握著白銀嵌龍帶鉤，非常明白該做的事。

王的理想，也是父親的遺願；大楚的改革，也是我的志向。關於這一切，都正要開始。

改革

自從接下左徒之後，我想了解的政事就變多，但這是必然的。我知道，朝廷上下都在看我如何行動，更遑論是王，他所肩負的壓力，絕對比我還重。

這是一場不容許失敗的變法。

秦國掌握時間優勢，相對六國而言，時間就是壓力。在這樣的情況之下，除了地廣人多的大楚，其餘五國已經沒有資格單獨跟秦國抗衡，也因此，大楚的存亡，將直接影響到秦國吞併天下的速度。

關於大楚，前一個變法的實行者，名喚吳起。

吳起制定許多新法，並公諸於世，讓烝民不再因爲不知法而受刑，打開由廷理掌控著的黑暗；淘汰朝廷中的冗員，減少官吏的俸祿，如此節約得來的錢財，用於充實軍隊的裝備與糧餉，加倍撫慰陣亡將士的家眷；比過去更嚴厲懲罰不實的攻訐，以及怠忽職守的官員……其中，最重要的一項新法，則是削弱王族的權力，並按照以往的功勳高低，另行分封一些王族到外地開闢，並由令尹定期親自帶隊巡察，若心存靡爛者，則直接免去其身分，流放邊疆罰行勞役——當然，這也是最危險的改革。

當時，新法實施之後，毫不意外遭到守舊一黨的反對和破壞，但是悼王非常支持吳起，在確定罪證之後，就處決幾個犯行重大的王族，讓吳起沒有後顧之憂，得以施展他的政治方向。

吳起正在人生的巔峰，他擁有次於悼王的聲望。

這時的大楚上下，不會有人想拿自己的性命，去挑戰新法的威信。

只是任誰也想不到，眼看新法經過五年，逐漸步上軌道，悼王卻暴病而薨——吳起在外率軍回王都奔喪，蟄伏已久的守舊一黨，自然不會放過這個機會，他們趁著吳起卸甲，帶著眾親信入宮之時，發出兵隊斷絕退路。據說，吳起最後逃進靈堂，趴在悼王身旁，而窮追的守舊一黨，指揮士兵朝著吳起放去亂箭，當然也射中悼王，但守舊一黨不在乎，因爲他們早就失去理智。

在這場混亂過後，肅王即位，同時也追究責任——吳起雖然身死，仍施以車裂之刑；而發動政變的守舊一黨，則是誤傷王屍，被處決七十六家，及其三族，勢力承受重大打擊。

有人說，肅王是不願被守舊一黨架空朝廷，才擴大處決名列；有人說，吳起即使身陷絕境，還能做出完美的復仇，證明他的智謀舉世罕見。

無論如何，在我看來，受到最深沉傷害的，絕對是大楚。

吳起死，新法逐條成爲悼王的殉葬品；本來在新法之下，被保障的烝民，或封賞的官員，又回到從前被王族壓迫的局面；而肅王，終究也難逃守舊一黨的把持，雖然想靠自己的想法重振大楚，卻有心無力，只能看著守舊一黨重新坐大，年復一年，直至今日。

今日的環境，必然是昨日累積的形成。

我知道，王也意識到這一點，否則他不會如此迫切任命我爲左徒，負責起草憲令。

我該如何設想王的處境，該如何將改革後的衝突降到最低，成爲我近日在心中縈繞不去的自問。

提到新法，我無可避免地想到秦國，正是因爲衛鞅由上至下的厲行，讓秦國得以富強至今。但讓人悲哀且諷刺的是，衛鞅和吳起，這兩位各自帶領國家邁向重生的人，他們的下場卻幾乎一樣。不過秦國在衛鞅死後，並沒有廢除新法，反而繼續貫徹，就這一點上，我其實都想代替吳起羨慕衛鞅。

按照目前大楚的局面，無須另有考慮，最正確的方向，便是重新沿用吳起所改革的法條，並在這些基礎之上，再進一步——因時制宜，畢竟得不到多數的人願意支持的法律，就是暴政。

但這一切，都得先經過王的允許，否則都是空談。我相信，王是有意識到這一點的。

我看著攤開的簡牘，雖然上面空無一字，卻已承受許多想法，就待我起頭。

整理好思緒，我一邊捲起記載吳起法條的簡牘，一邊吩咐僕從林惕備車，打算拜見王。

我換上朝服，佩好白銀嵌龍帶鉤，將簡牘揣入袖裡，看著漏壺，現在是申時一刻。我走出官邸，乘著馬車出發。

在途中，我又把剛剛的想法深思數次，在心裡跟自己辯駁，我必須先說服自己，才有可能說服王，再推及整個大楚。

如何面對一個國家的演變？回顧歷史，父親說過，歷史是殘酷的，沒有任何情面的。

我們也會成爲別人眼中的歷史。

爲了國家得以延續，掌握權柄的人，必須懂得利用歷史，將國家擁有的條件磨得更尖銳，才有辦法創造更有利的未來。

車行轔轔，彷彿一種古老的樂音，使我遙想。

大楚源自丹陽之初，不被周天子所認，導致列國也輕視大楚。所幸前人不畏艱苦，不甘屈辱，經過無數血淚，終於造就大楚廣闊的疆域。只是今日之大楚，再次面臨國運盛衰的選擇。

而這樣的選擇，一旦決定，就再也沒有回頭路。

稍一回神，已經來到朝廷大門外，但現在不是早朝時分，王自然也不在此地，我得從這裡繞過朝廷，直往王宮。

走過戒備越來越森嚴的廊道，在盡頭處，看見逢逸侍立門外，我上前作揖。

逢逸低頭回揖，說道：「左徒不必對我如此行禮，只管吩咐就行。」

我點點頭，回道：「雖然我和你之間有尊卑之分，但我希望以誠相待。」

「謝過左徒。左徒爲何來到此處？」

「我有要事拜見大王。」

「大王早已下令：『若屈平親至，無須通報。』」逢逸低頭，「請左徒直接入內拜見。」

「我明白。」

我輕振衣袖，心中充滿感激，隨著逢逸踏進宮中。

王正在看著桌上的簡牘，專心致志，似乎並未察覺有人來到，連頭也沒有抬。

逢逸想要往前通報，我揚手示意他不要過去，繼續默默等著。

經過片刻，王終於開口：「屈平既然來此，何不出聲。」

「臣不敢驚擾大王。」我上前回答。

「是爲憲令的事而來？」

「諾。臣已有一些看法，想請大王決斷。」

「來得正好，寡人也有一些看法。」

「請大王直說。」

「交給屈平。」王拿起桌上的簡牘。

逄逸趨前接過，返身轉交於我。

我拿著簡牘，看著第一行，只見「明其法，定其律，官民一體，皆能知曉，無有遺漏。」這短短數語，讓我不禁深吸口氣，將目光投向王。

「大王，這道簡牘上記載的，是吳起新法。」

「你以爲如何？」

「大王是想，以這些法條爲基礎，推動更革新的方向？」

「寡人果然沒看錯你。」

「臣也帶來一道簡牘，想請大王一閱。」

我從袖裡取出簡牘，讓逄逸呈上。

王展開，只看一眼，便莞爾起來。

「你和寡人，是想到同一個方向去。」

「臣惶恐。吳起無罪有功，他制定的法令，臣評估過，仍然可行，也是大楚目前最好的選擇。不該讓從前的錯誤，繼續滯礙國家的未來。」

「你眞是心直口快。吳起身死，新法無繼，確實是大楚的過失。倘若當初眼光放遠，寡人何苦如今之處境。」

「臣願爲大王分憂。」

「這些日子，寡人一直在想，你何時會來，結果你比寡人所預想的期限，還早三天。再來這件事，你可以自己決定。」

「起草憲令這般大事，縱然臣的想法有多麼明快，政令也必須由大王出行。」

「如此甚好。」王像是感到滿意，「子蘭，你可出來。」

子蘭聞聲走出，立於我右邊。這時我才明白，原來子蘭一直藏在王身旁的屏風之後，聽著剛剛的對談。

「子蘭，剛剛屈平所言，你都聽見？」王問道。

子蘭看著我，答道：「臣無話可說。」

子蘭想來還是不願看我掌權，可是，爲何不能支持大王的苦心？

「屈平想法與寡人並無二致，日後便以他的方針爲主。子蘭，你是王族，是寡人之子，注意言行，改革一旦推動，國有國法，難容寡人偏袒。」

「臣不敢或忘。」

「子蘭，把案上這件物品，交給屈平。」

子蘭立刻走到桌前，卻沒有下一步動作。

「大王已授予帶鉤，爲何還要再給左徒這樣信物？」子蘭說道。

「寡人不是讓你問話。」

子蘭不答，拿起信物，走到我面前，伸手。

我接過一看，是透雕火鳳形狀的脂白玉珮。雖然我沒見過，但從子蘭的反應，也不難猜想這是極爲貴重之物。

「全楚國就只有兩個。另一個，在大王身上。」子蘭一字字說著，「左徒，你可得收好。」

聽完這些，我急忙低頭說道：「大王，臣不能收受此物。」

「權傾一人，是寡人的信任。」王頷首，「屈平，回去後，記得在吳起新法第一行後面，再加上『透雕火鳳，如見寡人』。」

我深深作揖。

父親，你是否聽見？王對我如此看重。

而我，又該用什麼回報這樣的知遇？

《詩》說：「如臨深淵，如履薄冰。」父親，你從前要我銘記，現在正是我的心情。

終於明白。

我願意將我的一生，我的性命，都獻給這個君臨大楚的人——我的王。

使齊

王說起草憲令，全權由我負責處理。於是白日處理政務，夜晚鑽研新法，便成爲我近來最要緊的事情。常覺得日子過得太快，而籌劃得太慢，深恐有愧於王；只是此等機密之事，確實也不好輕託他人。想到這裡，更覺得肩上重擔又沉重一點。

按照吳起的構想，除了國家內部需要變革，對於其他國家的外交，也是甚爲重要的一環；倘若一個國家，內有憂而外有患，是無法在這亂世中存在下去。

對大楚目前的形勢而言，最需要穩定局面的諸侯，並不是魏國和韓國，因爲他們既與秦國接壤，就必然承受著直接的壓力。換言之，倘若大楚在跟秦國的競爭之中，落於下風，那麼就算與他們有多少保證的盟約，也極有可能一夕生變；大楚的安危，不能找如此易受動搖的國家做盟友。

而趙國與燕國又距離太遠，一旦大楚有難，即使來援也將徒勞。那麼，就只剩下齊國——跟齊國結爲同盟，不但後方防守的壓力會減輕一些，區域的生產也能穩定許多，對於大楚未來的復興，是風險最低的方向。

只是現在，我暫時還想不出來，全國上下，由誰出使齊國，才能夠完成這樣的重責。關於革新，無論是內政，或是外交，所走出的每一步，開始總是艱難。

那就從我開始。

以身作則，讓我爲王踏出走向天下的第一步。

我站在朝廷門外，回身眺望遠處，想著這外交上的規劃，再次提醒自己必須慎重其事。

踏入朝廷，迎面而來的是群臣的視線，我直視前方——王的目光正與我相對，我頓時不再那麼擔憂——畢竟，我是那麼地清楚，王會支持我。

我握緊繫於腰間的玉珮，輕輕地放開；隨即走上前去，對王行禮。

「屈平，今日早朝，來得有些遲。」王說道。

「請大王恕罪。臣有一事，想在朝廷提出。」

「直言無妨。」

「臣以爲，變法需要內外規劃，方得周全。而大楚最主要的外患，便是秦國；要與之對抗，大楚必須要有可靠的盟友。」

王微微頷首，說道：「那依你所言，寡人與何國結盟爲好？」

「魏、韓兩國距離秦國太近，而趙、燕兩國又與大楚太遠；一旦未來有戰爭的時候，能不受到秦國壓力，能夠直接幫助我們的，也就只有齊國。」

「寡人明白，這也是你先前上書的內容。雖然這些年，大楚並未與齊國有何交戰，但齊國身爲一方之霸，也不是只會看門，寡人能相信他們？」

「從齊國的角度來看，雖然周邊還有其他國家，但大楚是最危險的；現在有和平的機會，他們應不至於拒絕，畢竟少一個威脅，對齊國只有益處。從這一點來看，雙方的立場是互相的。」

「言之有理。那麼，該由何人出使，替寡人完成如此重責？」

「臣一時之間，尚未確定人選，因此，人選請大王考慮。」

王沒有馬上回話，只是緩緩地將目光看過群臣，最後，正與我相對。

「不如就由你，去齊國一趟。」王說道。

在幾個適合的人選之中，我從未考慮我自己；聽到王如此說，我反而答不出話來。

「這，是一個機會。」王繼續說道。

聽到這裡，我才意會過來。我因爲資歷尚淺，卻破格擔任左徒，雖然經過一段不算短的日子，但朝廷上下抱持懷疑的大臣還是多數；而王，是打算藉此次任務，讓我立下對大楚的功勞，往後施行新法，阻礙的聲音也會減少許多。

王，是眞的非常信任我。

那麼，我也沒有什麼好迴避，在王需要我的時候，我就該挺身而出，爲大楚做出貢獻，才是不愧我的職責。

我正想回答王，只見子蘭出列，說道：「臣反對。」

王看著子蘭，回道：「爲何？」

「臣以爲，即便與齊國結盟，仍是危險之舉。」

王並未回話，只是微微點頭，示意子蘭繼續說下去。

「誠如左徒所言，與齊國結盟是最好的方向。」子蘭看著我，「但反過來說，秦國也不會閒而視之。若是楚齊同盟的消息傳回秦國，那麼秦國的干戈，就要朝著楚國而來，齊國是否會依盟約救援，尚未可知；但秦國所帶來的災難，卻是在朝夕之間。」

王仍然沒有回話，但視線轉向於我。

我很明白，若不能在此處反駁子蘭，楚齊同盟就不會實現，變法——也將化爲我的空想；倘若成爲空想，大楚就沒有機會一展霸業。

「大王，任何盟約都會有危險存在，選擇齊國作爲盟友，是大楚目前最合理的方向。我們不能因爲畏懼秦國的報復，就先放棄應該做的事。」我也回看子蘭，「齊國或其他國家不是大楚的同盟，或結盟之後並未履行盟約，我們終究要爲大楚而戰。大楚開國之始，國力貧弱，各方諸侯都不曾放在眼裡；而今有地千里，擁兵百萬，不就是用無數先祖的血淚，以及尊嚴換來的？」

我話語剛落，王已起身，環顧朝臣，說道：「寡人決定破秦，由屈平擔任聯齊之使，歸郢整裝完，便即刻啓程，無須再來稟告。」

眼見子蘭欲言又止，卻退回原位；臉上，是我不明白的莞爾。

「臣領大王令，立刻前往臨淄，促成楚齊聯盟。」我也退回原位，看著王。

又一次重責落在我的肩上，我的心裡，並沒有因爲出使人選已經確定，而感到絲毫輕鬆的感覺。這代表，我一步都不能走錯，個人榮辱事小，國家的前途，才是最重要的。

「望你事成，早日歸國報信。」王繼續說道，「子蘭留下，以外的人，都可以先去處理政務。」

子蘭出列待著，而群臣向王行禮後，一個個退出朝廷，我也跟著離開。

在我跨出朝廷的門檻後，一個身影從旁走到我面前。

來者面容白淨，目光如劍，卻相當陌生——我未曾在朝堂之中見過他，但也非僕從之流，因爲他身著大夫的官服。

來者像是明白我的疑惑，笑著說道：「左徒勿怪，我叫靳尚。近日升任，今天是初次在朝堂議事。」

「升任？」我並未收到地方的申報，產生懷疑，但靳尚的穿著也不像是虛假，「你是從哪個縣升任？」

「我是由左尹推舉。」

左尹景蘊？假使如此，那就是由令尹來審定，這並不在我的職權。

大楚歷來重要官職，幾乎是王族出任，這左尹便是其一；凡王族肩負官職之後，便擁有推舉權。被推舉之人，不論賢愚，皆由令尹一人裁奪，若不明察，一旦有人結黨爲私，對朝堂的威信可是影響深遠。雖然此法已實行多年，王族之間的利益，早就如樹之根纏繞，但爲了大楚，這也是必須要改革的一部分。

「既是左尹推舉的人，自然與縣升無關。望大夫日後用心國事，爲大楚圖強。」

「久聞左徒一心爲國，方才聞言，果然相當。」靳尚仍然臉帶笑意，「往後還望左徒提拔。」

又是一個諂媚討好的人？自我升任左徒以來，這樣的請託之詞不知聽過多少回，難道，把心思用於國家強盛的發展，對於任官的人來說，眞的是很艱難的事情？

「假使大夫爲官是這般心思，那麼，是找錯對象。」我頷首，準備離開。

「左徒勿疑。我想告訴你，我也贊同聯合齊國，對抗秦國的勢力。」

我停下腳步，打算繼續聽靳尚說。

「但是，左徒應該明白自身在朝堂裡的輕重。」靳尚話鋒一轉，「左徒試想，若有自己的勢力，變法是否會更順利推動？」

至此，我已聽出靳尚的來意，他是想讓我變成平生最厭惡的那種人；更何況，靳尚是由景蘊所推舉，背後代表的，自然有景蘊的意思在——想透過靳尚拉攏我，好讓景氏有利可圖？

但景氏方面暗地遣人來也不是一兩次，這次直接讓我明白是景蘊的意思？

假使我拒絕，就意味著往後我在推動改革，甚至是在朝堂提出看法的時候，會有很大的可能得不到景氏的支持；加上有感於子蘭時常的反對，我實在不能再樹立景氏對我的敵意。

「假使左尹能夠爲國相謀，那也不是沒有合作的可能。」我認爲先維持原樣，再看後續如何。

「那是當然。」靳尙看向我後方，「不過，左徒也許要快一點決定。」

我轉身一看，子蘭正朝我們而來。

「你是左尹推舉的人？」子蘭說道。

「諾。」靳尙對子蘭行禮，「我叫靳尙。」

「跟我走，我有事情問你。」

子蘭語畢，頭也不回地朝宮內走去。

「左徒若改變心意，遣人到左尹處，我會在此地。告辭。」

我看著靳尙跟隨子蘭離去，有一種不安的預感；爲何我會覺得，靳尙剛才所說的那些話，並不是眞的，即使我決定跟景氏合作，也爲時已晚，靳尙只是要告訴我——景蘊決定行動。

但也許，我的猜測是錯誤的，我只是被靳尙那陌生的、沒有溫度的笑容所困惑；無論靳尙的出現，是否跟景蘊有關，我現在該做的事，就是爲王出使齊國。

改革的事情，待我回來再謹愼考慮；心態一旦急躁起來，只會給反對的勢力找到攻擊我的破綻，要推動改革就會更難。

我不能讓王對我失望。

邊城

我收拾好行裝，帶著啓程前逄逸送來的王的簡牘與符節，便乘車和衛隊動身前往臨淄。

大楚東北之界與齊國接壤，因此，我與衛隊相商後，白天除了稍事休憩外，在天黑之前，都要兼程以行，直接北上，務求在最短的日程內到達。

由於從王都至臨淄，都還在大楚的勢力範圍，所以無須借道，也未遇到阻礙；在第三天約莫申時，來到葉邑方城。

將要入城時，衛隊隊長鋈虎便會下令暫時停止前進，然後跟我稟告狀況——今日，也不例外。

只是鋈虎因爲隊長職責，總是戴著半獸形面具，在昏暗的時候，更顯生動，每當向我稟告，我總是略微一頓。

「左徒，此地是方城，離臨淄約莫半日，若我們依然拂曉啓程，午後便可到達。只是，都已到此，方城卻沒有動靜。」鋈虎說道。

聽完後，我也覺得事情可怪，前兩日借宿之處的封君，都在我們抵達之前，就遣人來迎；而今方城已在視線最遠處，卻未見來使，照理說，王命應該有如實傳達才是。

「在此地猜測無用，我們繼續前進。」我做出指示。

鋈虎頷首，隨即舉起右手向前一揮，隊伍便開始往方城而去。

我開始在想，方城是葉公的食田，受封於此已至三世，因惠王時代平定白公之亂，有功於大楚，後任楚王皆尊崇之；又因方城為楚齊邊境要地，經年累月，不免壯大葉公在此的影響，而王命，是否能下達，猶未可知。

但葉公當時既然肯出兵平亂，其忠心應是不用懷疑，只是現在的王，與此刻的葉公，都已經不是同一代人。

頃刻之間，隊伍已來到方城外，與此同時，原本關閉的城門也開啓，有一人駕馬而來。

「有失遠迎，左徒切勿見責。我是葉公的左大夫許登。」來人說道。

「王命是否有傳達至此？」鋻虎問。

「王命豈可違抗？只是葉公自有裁處。」許登答道，「請隨我入城。」

鋻虎轉頭看著我，我頷首以對。

「隊伍跟著。」鋻虎說道。

就在許登的引領之下，我們得以進城。沒多久我便發現，這裡的居民雖然衣著整齊，卻都面有難色，沒有一人不是如此。

頃刻，隊伍遇到一伍士卒，押送一名女子，跟我們前往的是同一個去向；當馬車經過的時候，我看往女子一眼——神色憤怒，衣著有些破爛，不知道在之前有何遭遇——女子也注意到我正在看她，原本面露慍色，接著像是發現何事，奮力掙扎，想朝馬車衝來；押送的士卒拉住女子，拿起兵器即將打下。

「住手。」許登看見騷動，過去制止，「帶回去處置，別在大街上生事。」

「是。」領頭的伍長唯諾，對其他士卒吩咐，「把人帶走。」

眼看女子就要被押送離開，加上一路所見居民的神色，我感覺到這座方城很不尋常，於是開口：「且慢。」

「左徒？」許登來到馬車旁。

不待我繼續發問，那女子便已大喊：「救我！」

「帶過來。」我越發疑惑，「這女子犯下何罪？」

「左徒，我一時也不明白，不過這方城可是葉公治下，就別過問。」許登揮手示意將女子帶走。

「果然，你們這些人都是一樣的……」女子雖然被拖行，依然大喊，「我要用我的生命，日夜詛咒這個國家！」

葉公治下的方城，到底有如何遭遇，讓這女子寧可失去生命，也要發出詛咒？

「左大夫，我要知道原因，讓我問她。」我說道。

許登看來頗不情願，但還是開口：「把人帶回。」

女子被帶到馬車旁，神色比剛才更爲憤怒，咬牙瞪著我。

同時我也看見，大司命在女子身邊，平靜地看我，逐漸消失。

這是我第一次遇到如此情況，還來不及反應，大司命已無影無蹤——取而代之的是那女子的聲音：

「爲何又將我帶回來？」

我回過神，裝作無事，看著她答道：「我要告訴妳，不是所有當官的人都一樣。」

「我剛才有聽到，你要去見葉公，是要商討如何聚斂這座方城？」

「無禮之徒，」許登出劍，直指女子，「留妳何用！」

「放肆！」鋻虎也抽劍而動，將許登的劍擊落在地，「左徒面前動劍，是何居心！」

此時，押送的士卒，全部上前把矛頭對準銎虎；而我這邊的四名侍衛見狀，也迅速駕馬靠馬車圍著，就連車夫林嚴也抽劍出鞘，保護我的安危。

「我有王命在身，並非來此干戈相見。」我有些動怒，「左大夫，這是否太甚？」

「各爲其主。」許登低身撿起劍，「王都的衛隊，果然不一般。」

方城士卒也慢慢退到許登身旁，與我們相持。

女子也許意識到，我跟許登不是一樣，回頭看我的神情，已有很明顯的轉變，但還是略帶慍色，說道：「葉公在原本的食祿之外，又強徵無數稅收，使得這裡的人只能勉強過活；而無法上繳的人，便淪爲奴僕——我原本是從齊國逃亡至此，也有兩三個年頭，但數月前有消息說要與齊國交戰，於是稅賦又加重不少，還徵調物資，導致許多人流落在外。」

與齊國交戰？這是何處流言？難道葉公就利用如此恐懼，對食田的烝民恣意妄爲？

「所以，妳也因此，即將淪爲奴僕？」我將怒意壓下。

「確實如此。」女子雙手抓住馬車邊緣，「請大人解救方城！」

「左大夫，眞有此事？」我瞪著許登。

「左徒，有何值得訝異？各地食田，甚至在王都，不也是如此？」許登冷笑。

這許登……事已至此，倒也不掩飾，還想誤導她的視聽，意欲將我混爲一談。

「我命你放人。」我拿出脂白玉珮，「『透雕火鳳，如見寡人』，此爲大王對於新法之一的親令。」

「左徒，你的新法還未開始。」許登回完話，又對士卒命令，「把人帶走。」

我正想起身繼續爭論，銎虎卻搖頭制止我。

看著女子的眼神逐漸失望，欲言又止，但也沒再開口，便讓雙臂被士兵拏住帶走。

「左徒還是先隨我去見葉公爲好。」

許登語畢，逕自駕馬前行。

我看著女子前往另一條道路，突然一陣無力感，原來自己的權勢，在某些時候也是沒有用處的——當我恪守王法之重要，當他人以王法指責我——我卻還沒來得及改變。

鋈虎示意隊伍跟著，自己伴隨車旁，對我說道：「左徒，莫以一女子而忘卻大義，何況非親非故。」

「若你所言的大義，連她生存下去的日子，都無法保護；那究竟，還要談論何物？」我反問。

「這非我所能考慮之事。」

我未再回話，鋈虎說的有他的道理，只是眼見有難之人，卻無從相救，心中還是會有所不平。

食田制必須重新修正，我一定要用新法來改變大楚。

不久便到葉公府邸外，許登領我與鋈虎入內，其餘士卒皆在車旁等候。

鋈虎立於門口，我與許登進入廳內。只見原本坐於南位的人站起，似乎也是有身分之人，但他身著並非大楚官服；而坐於東位的人，也起身走來，說道：「左徒一路奔波，辛苦。因有要事不便遠迎，幸勿見責。」

「葉公，有何要事？」我假意詢問，「不日將與齊國交戰，方城想必蓄勢以待？」

沈穎馥聽我如此說，頷首答道：「這方城從我宗祖承襲而來，我可是用盡心力，務使方城免於戰火。」

「有何準備？」

「此位是齊國大夫公孫維。」沈穎馥舉手朝向南位之人，「他來，就是希望楚國跟齊國能相安無事。」

公孫維對我行禮，說道：「左徒，齊國並不想與楚國大動干戈。」
「我在王都，從未聽聞要與齊國交戰的消息。」我反問，「這是齊王的意思？」
「郢都到此地，消息再快也要數日；再來，是不是大王的意思，左徒你明日到王都，不就明白？」
至此，我確切地明白到，從一開始入城的態度，以及路上的事端，接著眼前所見，都表明沈穎馥其實並不想理會我。
只因我無功受祿？還是我籌劃的新法會讓他失去利益？又或者我沒想到的事——都與我有關。
「無妨。我趕路數日，亟需養足精神。今日之事暫且不論，先引我和侍衛去客居之處。」
「那是當然，左徒爲國事而來，方城豈能招待不全？」沈穎馥向門外揚起左手，「許登，送左徒。」
「諾。」許登接話，「左徒請隨我來。」
我一言不發，隨許登走出府外，乘上馬車，往西行駛，天色已經昏暗，行人無蹤，頃刻便來到客邸。
「左徒一行便在此住下，膳食我會再遣人送至。」
許登說完，見我未表示意見，就駕馬返回；鋆虎吩咐侍衛守門後，與我一同往客邸走。
客邸外有僕從兩人，皆在燭旁，見我到來，行禮後便舉燭入內，點燃蘭膏，屋內一時明亮起來，華美的燈盞錯落高低；我讓僕從都出去後，輕振雙袖，走到榻床而坐，低目沉思一陣，才抬頭看著鋆虎。
「葉公態度，你如何想？」我問。
「我職位卑微，不便妄言公卿之事。」
「你可直言。」
「若有失言，左徒勿怪。」鋆虎態度謹慎，「葉公在做一場戲給左徒看。」

「何以見得？」

「齊國大夫在此，明知左徒將至，還不迴避，其事可怪；又，葉公顯然與他相熟，是否代表……」

鋻虎並未往下說，我接過話頭：「葉公以爲，王都之遠，鎭不了邊疆之臣；即使方城沒有跟王都對抗的力量，一旦遭到問罪，還可舉城獻土，以保宗族。」

「正是，我更以爲，那女子說的指控，皆爲屬實。」

聽到此處，我又開始擔心起那女子，若她所言是眞，在路上引發的騷動，許登豈會輕易放過？

「那女子，不知下場會如何。」

「目前是救不了她。」

「你也先下去休息，若送膳食來，你們用膳無妨，莫驚擾我，明日一樣時辰動身。」

「諾。」

在鋻虎退出門外後，我躺下來，連日奔波，都不曾讓我疲倦，只有此刻，我回想著此地，有別於王都的治理，一個邊疆之臣竟如此弄權；在我的構想中，新法之一要削弱食田的範圍、封君的權責，那必然無法貫徹，只是不推新法，大楚可有未來？

我又想到，大司命突然的消失，沒有任何徵兆，究竟爲何？是否也是一種警示？而祂，會不會再現身？

只是大司命並非我此時應該關注的疑惑，明日前往臨淄，除了促成楚齊同盟，再來就是釐清方城和齊國之間的關係；方城之地的輕重，於裡於外，都是國家之事，既是國事，便是我王之事——王已將左徒託付於我，唯有竭智盡忠而已。

未來就從長計議，先將眼前的任務完成。

思緒清晰許多。我起身，把一半華燈的燭光搧滅，再回到榻床，脫去革靴，躺好身子，閉眼入寐，準備迎接明日的到來。

臨淄

天色將明之時，我便醒來，這是長年養成的習慣。我起身，靠牆而坐，眼見滿室華燈皆滅，想必是蘭膏已盡。我閉目定神，等待。

約莫半刻，晨曦透牖而入，地面一片光亮，我頗醉心此間景況。

「左徒？」鋻虎在門外問道。

「我已醒來。」

鋻虎推開門戶，領著兩名僕從入內，僕從帶來早膳與臉盆；我洗過臉後，先讓僕從出去，便坐到桌旁開始用膳。鋻虎立於門旁，基於職責，觀察著門外的動靜。

膳食用至一半，鋻虎突然開口：「左徒。」

「何事？」我停下梜提。

「左大夫來到，還帶著昨日那名女子。」

許登在此時來？看來這客邸的僕從也不是敷衍。不過，帶著她來又是何意？

我稍微整理服裝，就走出門外，眼前走來的人正是許登，而她跟在其後，並由兩名士卒監視——她已換上一身乾淨服裝，原本略微髒汙的面容，顯然也是洗淨過，其實頗具姿色。

「左大夫，天剛破曉，有何要事，讓你親至此處？」我問。

「葉公昨夜聽聞街上喧騰之事，便吩咐於我，今日務必在左徒離行前，將這女子發配於左徒名下。」

我感到訝異，完全不明白，沈穎馥此舉是何用意？

許登見我未答，便繼續說道：「此女違犯方城之法，本應發配爲僕，或送入牢獄；但葉公以爲左徒既有心相救，不如做個人情，此女就由左徒裁處。」

我完全沒有想過如此轉折，心中雖知此舉背後，必非所見這般；但目前也沒有更好的解救之法，而我見到此女無事，竟是感到安心不少。

「人既送到，我便先回去稟報。」

許登似乎並沒有要聽我說話，語畢便與士兵轉身離開；而我此刻也未釐清思緒，就這樣看著許登遠去。

「要我爲僕，不如你現在就殺我。」女子倒是先開口。

「要讓你死，昨日在街上就可以，不用等到現在。」我感到莞爾，「我又何必親手擔負這個罪惡？」

女子默然，只是一臉不甘心。

「亂世中要活下去很難，所以能夠活下去便是可貴。」我示意鋆虎入內，「天下之大，妳可以自行離去。」

說完，我讓鋆虎關上門戶。

我回到桌旁坐著，這膳食，卻也是吃不下。

一日不變法，推行新政，類似之事便會接連出現，沒有窮盡；整片大楚土地將在這樣的陰影之下，難有光明可言。

「關於此事，你如何看？」我問。

「此事背後必不尋常，左徒小心防備。」鋻虎答道。

「我亦同感，繼續待在此地，難保不會再惹風波，現在就出發前往臨淄。」

「諾。」

我走到門前，鋻虎便開門，只是，眼前的景象使我發楞。

那女子並沒有離開，就跪在她方才所站的地方。

「這是何意？」我說道。

我走下石階，站在她前方不遠處；鋻虎也跟著，站在我右側。

「望左徒收留。雖說天下之大，卻已無處可去。」女子伏地低頭，「若非左徒，此性命是早已失去。」

我未答話，想她所言不虛：本已從齊國離開，此時歸齊不能，離楚又恐路途迢迢，一女子實是危險萬分；不若就先引她回王都，日後再作決定。

「你喚何名？」我問。

「我叫曹筑。」

「妳先起來。」我轉頭看著鋻虎，「你去驛傳準備一輛馬車，給她乘坐。」

「無須準備馬車。」曹筑起身，「只要一匹性情溫馴些的馬就好。」

「你會騎馬？」

「從前在齊國時，兄長曾教過我。」

「那你的親人何在？」

「母親生我便亡故，父親與兄長都被徵調，先後在戰場上陣亡。是故，我離開齊國，流落於楚。」

「你先跟著我，往後再做打算。」我讓鋆虎去處理馬匹的事，「你只要記得，你不是我的僕從，你可以隨時離開。」

「謝過左徒。」曹筑躬身。

「感激你自己，若不是昨日妳在街上發聲，未必有此刻。」

「左徒，你真會改變這個楚國？」

我沒想過曹筑會問我這個疑惑，這樣一個我時刻掛念的疑惑。

「妳也希望這個國家有所改變？」我反問。

曹筑並未答話，只是凝視我。

「我會消除這個國家所有不祥之事。」我往前走，經過曹筑，「現在，我有必須要去完成的目標。」

「左徒，是否考慮過自己的性命？」

「國家之事，除死方休。」

曹筑又是不再接話，我也不打算多說什麼，這畢竟，只是我一人的心事。

在原處稍等片刻，唯見前方鋆虎快馬而歸，並帶來一人一馬；駕馭之人將馬匹交給鋆虎後，便返身回驛傳。與此同時，林嚴也前來稟報馬車已備，隨時可以出發。

看著曹筑輕巧地跨上馬，我也登車，隨後便啓程。

隊伍很快地離開方城，繼續往東北而行；我往旁一看，只見曹筑跟在鋆虎後方，騎術感覺甚是嫻熟，我也就不再擔心。

一路盡是原野，偶有連綿數里的森林，在日陽的照拂之下，更顯得翠綠；只是這般閒情，也只能留於片刻。我的心思，仍然繫於朝堂之事。

隊伍馳騁半日，平川逐漸陡峻，雖是大道也不便行駛——經由鋈虎解釋，原來此處是位於齊國南境最險要的山隘穆陵，只要通過這裡，不出一個時辰，就可以抵達臨淄——因此，齊國除了依山修險，更在關隘左右構築綿延的長城，爲的是加強周遭的防衛能力；以穆陵爲核心，即使失陷，對方也難以疾行推進，守軍便能待時而動，以保障王都的安全。

來到穆陵關前不遠，只見關上將士早已拈弓搭箭，做好警戒的態勢。

林嚴將馬車緩慢的速度，又放慢些；隊伍徐徐前進，直至關下。

我看著鋈虎，說道：「叩問。」

鋈虎頷首，從馬車上取走龍形旌節，接著高舉，對著關上喊道：「楚國使臣一行，欲往臨淄，從此借道而過，可來人查驗。」

這時，有一個聲音自關上傳來：「既是左徒，准入。快開關放行。」

我抬頭一看，此人竟是昨日見過一面的公孫維。

關門在公孫維的命令下開啓以後，隊伍依序進入，而公孫維已在關內迎接；我走下馬車，與公孫維相互行揖。

「穆陵要地，大夫爲何在此？」我問。

「昨聞左徒欲往王都，故先啓程；我一人一騎，抄路而達，在此專候，由我引左徒前往。」

昨日在沈穎馥處，我對公孫維回話的態度，有些反感；如今卻如此恭敬，讓我頓起疑心，但也不便質問，對方終究是齊國大夫，在我面見齊王之前，還是盡量不生事爲好。

我從袖中取出錯金符節，交給公孫維，回道：「大夫用心如此，使我動容，唯願兩國和睦共處。」

公孫維將符節轉交於一旁的穆陵官員，說道：「左徒一心爲國，看在我眼裡，敬佩之至。」

穆陵官員在確認過符節後，轉回我手中，對公孫維說道：「大夫，查驗無誤，確是楚國出使用物。」

「那便可通關。」公孫維輕跨上馬，「左徒，此去北上，不用多少時辰，就能抵達王都。」

「事不宜遲，有勞大夫。」

我登回馬車後，鋻虎便指揮隊伍跟上公孫維。

隨著公孫維的馳行，我雖不能逐一細視關內，但也能明白齊國對於此處的重視——守關將士秩序不紊，各在崗位；巡行軍馬步伐嚴整，氣概肅然——雖爲防衛，其態勢卻大有雄吞天下之心。若能與齊國交好，大楚後方絕無後顧之憂；一旦交惡，那便是致命的威脅。

關外雖險，但在隊伍穿越關內後，地勢也隨之平坦許多。

馳出關內，公孫維便縱馬而行，逐漸將隊伍拋之在後，林嚴見狀，以鞭前指，說道：「左徒，這大夫不懷善意，是欺我楚國無人？」

「我明白。」我搖頭，「別隨他去，按照你的技法，驅車便是。」

「諾。」

是故，林嚴並未隨著公孫維而改變，公孫維也不曾慢下速度，與隊伍保持相當的距離；一路如此，在預料的時間內，終於抵達臨淄。

臨淄畢竟是齊國王都，城外有不少守衛，正細查來往的人；隊伍接近時，看見先到達城門的公孫維，在與守衛交談。

公孫維見我也到，便說道：「左徒，你的車夫竟不為環境所動，可謂人才。」

林嚴拱手執鞭，答道：「大夫用意，實在心領。」

我無意在末節之處，讓林嚴與公孫維爭執，便接過話頭：「大夫一路辛勞。」

公孫維顯然也不在意，回道：「左徒，我已告知守衛你們來意，因此我們就直接入城，謁見大王。」

「如此甚好，請大夫先行。」

公孫維遂引隊伍入城，通過城門後，我立刻被眼前一片喧鬧的景況所迷——車轂擊，人肩摩；行人談話之語、商販招客之聲，此起彼落——這是何等繁榮！如今親眼，方信往昔晏嬰使楚之事，所言不虛。

若得齊國承諾長久抗秦，大楚就有時間安定國內，雖然功業並非一日可得，至少也是千秋之始。思及此處，我對於說服齊王的決心，更加篤定；不如說，自從涉足朝政以來，友好齊國是我不曾動搖過的目標。

隊伍跟隨公孫維，慢慢經過臨淄的熙攘。在轉入一個路口後，眼前的景況又是另外的模樣；方才那些繁榮的場面不再，取而代之的是廣闊的行道，以及無數間隔整齊的守衛，儼然通往朝廷之去向。

「左徒初次入王都，以為如何？」公孫維駕馬接近，並車而行。

「臨淄果然貴為天下之都，大楚王都雖也繁榮，卻是略遜一籌。」我如實答道。

公孫維聞言，笑意不止。其實我是有些羨慕的，這樣一座不必憂患戰火的王都，相較之下，王都可說太過於前方；但這也反映我大楚之人，有著生來的犯難精神。

如此閒話幾句，行過一段距離，隊伍在一處石階旁停下。有一人高不滿七尺，站在兩名僕從身後，更顯得低矮，公孫維見到此人，便立即下馬，與他作揖。

「大夫久候，楚國左徒已至。」公孫維轉頭看我，「這位是淳于髡先生。」

我已走下馬車，對淳于髡一揖，說道：「即使在大楚，也多聞大夫事蹟，有勞大夫在此等候，實是惶恐。」

「聽說左徒博聞強志、嫻於辭令，今日一見，果然年輕才俊，老夫已不堪重任，故在此守候。」淳于髡正色回道。

早聞淳于髡爲善辯之士，出使列國從未受辱，總是完成齊王的期望；縱然在齊國，也能巧妙地勸諫齊王，安定國內，不失大國臣子責任。

此刻淳于髡話中有話，頗有晏嬰之風，我實不想在此逞一時口舌，對同盟既無助益，又顯得外使無雅；但也不能卑微，不如跟著就此一笑，既是順水，那便推舟。

「大夫所言太過，齊王人盡其才。」我莞爾，「足見識人之明，實爲齊國之幸。」

「老夫明白，你我點到即止就好。」淳于髡拈鬚而笑，「大王已在朝廷，左徒請隨老夫而進。」

「鋆虎跟我。」我回身吩咐，「林嚴與曹筑等人就地等候。」

鋆虎等人稱諾，隊伍遂分爲兩邊；林嚴與侍衛們都下馬，對我作揖，而曹筑只是在馬上看著，並未有何回應——我微微頷首，轉身與淳于髡以及公孫維，踏上石階，前往齊國朝廷所在。

歸國

緩步走入齊國朝廷，齊王田辟疆已領群臣，紫袍赤衣，緇布冠纘緌，正襟於王座，南面以待。公孫維先對田辟疆作揖，隨後入列；淳于髡領我與鋈虎上前，一同作揖，而田辟疆只是頷首。

「大王，楚國左徒領命出使，現正候音。」淳于髡說道。

「寡人明白，不知何事至此？」田辟疆看著我，「爲楚而來？說齊而去？」

早聞田辟疆有志威王，好隱語，遇事故作不決，或平庸無能，答以反話；當眾人以爲感嘆之際，卻又能以正確的判斷做出決定，讓眾人驚愕，更爲之敬佩。

「大楚之使，左徒屈平，有幸面見大王。」我上前作揖，「今日其實爲齊而來，說楚而去。」

「是有意思。」田辟疆似乎也來興致，「說與寡人聽聽。」

「天下皆知，齊國地理獨厚，居東海之濱，有魚鹽之利，有良田沃野，人口因而大盛；常言臨淄一城，便有三十萬之眾，今日入城所見，果然不虛；若以此推算，舉國上下，征戰之時，兵帶百萬，可謂至少。」我對田辟疆頷首，「由是可見，大王的舉動，足以左右天下。」

「這道理，寡人再清楚不過，但這不正也是你爲楚而來？」

「如今大王可以高枕而無憂，只因楚秦對峙；一旦大楚勢弱與秦求和，國內氏族的壓力，自然要轉移到別的國家，屆時兵禍連年，或勝或負，都將讓秦國更加坐大，而齊國也未必能夠保有此刻安泰。」

「若寡人與秦國聯合，兵出穆陵，一路西南，齊國安泰否？」

「大楚唯有玉石不分。」我知道田辟疆在試探，「且說秦國時常背信棄義，昨日盟卻為今日敵。若大王願意與大楚聯合，齊國不須張弓隻箭，便有雄兵成千上萬，在大楚西北之地，為大王削滅秦國，齊國威望自不待言。」

「若如此，桓公霸業可成？」

果然如我所料，田辟疆雖有雄才之資，但好大喜功；若能由他回問霸業之事，再藉以說服，則楚齊聯盟之事，大有可成之機。

「桓公霸業固然可成，以大王之明斷，又得賢臣輔佐，加上齊國富庶早已超越昔日，大王也將千秋揚名。」

我從袖中取出王的簡牘，轉交僕從，遞於田辟疆，繼續說道：「楚存，齊國昌盛；楚亡，齊國必危。」

田辟疆展牘而閱，沉吟一陣，說道：「楚王文字懇切，屈平見解透澈；列位，有何高見？」

「並非臣等，能夠有意見；乃天下之動靜，在等大王意見。」淳于髡答道。

我曾聽聞縱橫之士的說法，在這趨利避害的天下，要說服對方，先懂觀其聲色，方能陳述利害，以達到縱橫之變；觀田辟疆此刻聲色，是已起心動念。

「田文何不發一言？」田辟疆看著一人，「寡人難下決斷。」

田文，不正是四公子之一的孟嘗君？以他的地位，方才對談，卻從未說過一句話，只待田辟疆點起；如此沉穩，看來如傳聞是個厲害人物。

只見一名身材與淳于髡相仿之人，徐步出列答道：「臣，對楚國心有所憂。」

「心有何憂？」

「左徒所言甚是，聯齊制秦，現今天下最好的謀略不過如此。」田文轉頭看我，「但臣憂楚王心志不堅，日後恐有變化。」

田文擔憂王？他會有我來得明白王是怎樣的一位君王？

王即將展翅，飛往更遠的天空，齊國便是啓程的高地，我會完成王想做的任何事情，沒有猶豫。

「孟嘗君的憂慮，是忠臣之情，臣可以理解。」我向孟嘗君作揖，「但大可無憂，大楚將行變法，也是楚王有心力圖；倘若無意，何須遣臣出使。臣定會輔佐楚王，讓兩國永保和睦。」

「左徒誠懇，我已知之。」田文對田辟疆一揖，「大王可與楚國結盟，共謀天下。」

田辟疆聞言，說道：「既然田文也如此說。董如，執筆。」

「諾。」一名坐於右邊案旁的文官，起身應答，隨後就坐，展牘而書，「請大王言。」

「楚王遣左徒來齊，當中深意，寡人已知。今致書以覆，齊國願爲楚國之支柱，兩國互爲脣齒，永結盟好。若有背信，天人共戮。」田辟疆緩緩說道。

頃刻，董如文書已完成，加蓋官印，隨即以細繩綑上斗檢封之，走到面前交給我。

我接過簡牘，雙手捧著，恭敬地對田辟疆說道：「承蒙大王信任，臣歸國後，必將與楚王恪守盟約，不失其望。」

「若能如此，寡人甚安。」田辟疆指著田文，「你送左徒一趟。」

「諾。」田文走到我身旁，「左徒請。」

「謝大王。」我把簡牘收入袖裡，對田辟疆深揖，「願大王貴體長安。」

我與孟嘗君還有鋈虎，卻行而出，離開朝廷，三人一同走下石階；行至半途，我心仍掛記一件事，便在平臺停下。

「左徒？」田文不解。

「我心有一事，想請孟嘗君解惑。」

「左徒明言。」

「聽說齊國不日南下，將攻方城，可有此事？」

田文大笑起來，反問：「左徒從何聽來？此等謠言已傳數月，我當初聽聞也甚是訝異，一笑置之，若齊國眞要攻楚，區區方城，未必在大軍途徑。」

「如此說來，果然是有人刻意爲之。」

「謠言最盛之處，往往便是源頭。由左徒出使行徑看來，應是在方城聽聞。我早已祕密差遣門客打探，謠言確是從方城開始。」

「既是如此，我會處理此事。」

「既然左徒提起，我便再說一句。」田文略微一頓，「小心對方的暗箭。」

「敢問公孫維此人如何？」

「大夫公孫維？不勞左徒憂慮。」

「謝過孟嘗君的提點，送到此處便可。」

「那就不再相送，路途至遠，左徒緩行。」

我與田文作揖互別，和鋆虎走完石階，回到馬車旁。

「繞道方城，直回王都。」我對林嚴吩咐道。

「諾。」林嚴應聲，並護我登車。

「是方城發生何事？」曹筑駕馬到車旁。

「你所言沒錯。」我頷首以對，「我要趕回王都，把憲令的法律早日決定，才能處理方城的疑惑。」

見曹筑並未回話，我便對鋻虎說道：「啓程。」

鋻虎駕馬到隊伍前方，引領前行，馳出行道，面對繁榮的市井，也只能跟來時一樣，緩慢行速，耗費一些時間，才得以出城。

隊伍出城後不遠，一名官員模樣之人，立於道旁，見我馬車到來，便行作揖。

我並不認識此人，但還是吩咐林嚴：「停下。」

來人走到車旁，說道：「我乃齊國上大夫環淵，聽聞左徒今日到達臨淄，便從稷門趕來，守衛告知左徒早已入城，故在此等候。」

我走下馬車，答道：「上大夫既然到來，何不至朝廷相見？」

「習慣一身閒散，能不入朝廷就不去。」環淵淺笑。

「不甚確定，但聽這口音，你應該是楚人？」

「確實如此。我本楚人，勤學黃老道德之術，又聞大王擴置學宮，故到稷下講學，受賜列第，爲上大夫。今日相見，是有一些話想對故人說。」

「上大夫有何見教？」

「合於公理正道稱爲義，而所謂法，便是萌生於這樣的義；義之長存，在於是否合適眾人之心。國事雖有難以兼顧的聲音，也都要傾聽。」

「上大夫良言，我會謹記在心。」

「楚國變法，刻不容緩，左徒立意雖善，但須自保。」

「上大夫何不與我一同歸國，尋謀改革之法？」

「如今天下，唯齊國有稷下學宮，也只有大王有如此氣度，我還是待在這裡，與聚集於此的百家之學，著書論辯，是比較自在。」

這是在說王沒有寬容之量？這與田文在朝廷的質疑，是如出一轍，究竟是爲何？

田文也好，眼前的環淵也罷，他們身都不在大楚，卻都這般議論王，難道王的面目，眞有什麼是我沒看見？那究竟又是何緣故，使我沒有看見？

「人各有志，我也不便強求上大夫，但願有朝一日，大楚會成爲你願意歸來的故鄉。」

「左徒還未而立，來日方長，我會期盼那一天的到來。」

「上大夫務必保重。」

「左徒也是，楚國需要你這樣的人在。」

我與環淵作揖道別，看著對方通過城門，很快地沒入在人群之中；對於環淵的背影，我竟又有些羨慕，像與公孫維初入臨淄那時候——羨慕一座王都的繁榮，相對安定的環境，才有稷下學宮，得以讓天下名士爲齊國效力，這不就是富國強兵的條件之一？

大楚，變法以後，是否也能如此昌盛？只有繼續往前，才可以看見我想要的未來，在那之前，無論有何困難，我都不會退卻。

「左徒，是否該啓程？」鋆虎問道。

我回神過來，登上馬車，轉頭看著曹筑，說道：「妳的國家，讓我有羨慕之心。」

「對我來說，這是害我流落的國家，我一點也不留戀。」曹筑淡然回道。

原來，同樣一個國家，在不同人的角度來看，未必就有一樣的答案；那麼任何事情想必也是如此，關於變法那些反對的聲音，就是因為彼此的立場不同，而我為了貫徹王的意志，一心執行自己的想法，是否就會容易忽略這些聲音？而這樣做，即使是正確的，難道算不上是一種錯誤？

這應該也是環淵所要提醒我的，必須以為至誡。

「我說過，妳的命是妳自己的，妳可以重新開始。」

「我不知道是不是我自己的。」

曹筑話語剛落，便縱馬而去，留隊伍在原處。

雖然不明白，但我也不想追究，便說道：「我們也啓程。」

「諾。」鋈虎應聲。

林嚴揚鞭，馬車便往曹筑身後趕去，朝向王都而行。

永懷

連日兼程，夜宿楚城，在離開臨淄的三日後，我回到王都。

我讓林嚴先回官邸，留曹筑在此，隨後便與鋻虎等人，一同前往朝廷覆命。

馬車行駛城內，雖然遠不如臨淄那般繁榮，但終究是我所熟悉的郢都，是王所在的都城。我從未想過離開這裡，去別的國家，爲別的諸侯效力。

鳥飛得再遙遠，都要返回故土；狐在外將死的時候，頭必朝向出生的山丘。既然如此，何不最初就留下，把歲月都奉獻給這個國家。

這是我的心願，也是父親培育我的盼望。

回到朝廷門外，我整理衣冠後，才跨過門檻，進入朝廷；雖然群臣皆在，但我的眼中，所看見的，依然是記憶中，與我議論時，那位意氣風發的王。

「臣自齊國歸來，拜見大王。」我對王深揖。

「齊王回覆如何？」王看似期待，「寡人可是輾轉數日。」

「齊王有簡牘在此，予臣轉交大王。」

我取出袖中簡牘，拿給逄逸。逄逸謹慎地遞在王的案前，拆去封泥，爲王展牘而觀。

王覽畢甚喜，說道：「屈平，寡人沒有看錯你，促成齊國同盟之事，你不辱使命。」

我作揖回道：「都是依靠大王之威。」

「聽說你來回皆是日夜兼程，必然沒有適當歇息，待會散朝後，與寡人回王宮去，爲你設宴洗塵。」

「臣深謝大王。」

「今後，大楚外交的方針，就是聯合齊國。對內，關於屈平的改革，列位有何見解，現在盡量提出便是。」

朝廷無人出聲，群臣皆是左顧右盼，好像在等著誰開口。

「臣以爲，左徒改革之事，已是大勢所趨，還請左徒早日將條例寫出，讓朝廷議論，日後也能有個標準得以遵循。」子蘭出列說道。

子蘭此話一出，我反是不敢置信，先前對於我在朝廷的種種，總是抱持強烈反對的子蘭，此刻竟會站在改革的立場發言？

雖說子蘭若能爲改革出面，是難得的助力，但我還是決定先保持質疑，假使態度爲眞，再接納也不會太遲；畢竟，我們都是爲了大楚。

「屈平，你的想法爲何？」王問道。

「令尹之言甚是，臣回去後，會早日將法條列出，再請大王定奪。」我答道。

「臣願意爲左徒分憂，從旁協助。」靳尙出列說道。

這又是怎麼回事？子蘭對我有成見暫且不論，現在連身爲景氏勢力的靳尙，也對改革表明立場？我不在大楚的這些時日，朝廷暗中起了這麼多變化？我要查清楚這當中的關係，才不會生出差錯，而有損王對我的信任。

「大夫好意，實在心領。如今新法正在籌劃，待完備之後，再與列位於朝廷上議論。」

「如此也好，左徒有自己的主張，我等靜觀便是。」
「若有滯礙之處，定會與列位相商。」我作揖回道。
「大楚上下如此同心，何愁秦國猖狂！」王喜形於色，「今日朝事便此結束，改日再議。」
群臣唯諾，紛紛退出朝廷，我在原地等待，王這時走來。
「回王宮去，寡人已命逄逸先行準備。」
「拜謝大王。」
於是我和王步出朝廷，走下石階的時候，王對我說許多話，可是我一字一句都未聽進去，因爲我只專注著眼前的王；他的舉手投足，都是那麼地像寶石般帶著光彩，耀眼地使我只能見到王的輪廓，那代表著大楚，一個歷史悠遠的國家，我要用生命保護好，這個建構出我人生的國家。
我與王各自登上馬車，伴隨衛隊，馳向王宮。車行在王專用的道路上，我有些惶恐，原來，這就是王的感受，眼前道路雖然筆直，卻也有需要轉彎之處；縱使快意臨風，卻在王道之上備感孤獨。
對於王，我此刻終於才能稍微理解，身爲一個龐大國家的繼承者，所背負的沉重；又或者，其實我並未眞正理解到，王的所思所想。
就像他人未必能夠了解我一樣。
每個人的心境，能夠給予的，或能夠承受的，或如何判斷的，從來都不會是同一個準則；那麼，我能做到的，只有做好自己的本分。唯有如此，才可能與王走到同樣的地方。
頃刻，和王來到宮門外，王走下馬車，大步前行，我亦步亦趨，不敢並行，深怕僭越。踏入宮內，只見宴席早已備好，有兩座錭鼎位於中央，正熬煮著食材，香氣四溢，著實讓人願一梜爲快。

「大王，一切皆按照命令完備。」逢逸上前迎王。

王頷首入座，我也跟著就座。僕從隨即送上茶花紋敦，內盛羹臛；將瑤漿勺入羽觴，放在裝滿⊠餭的淺盤豆器旁邊。

「寡人聽聞，這露雞臛蠵，能滋補身體。」王舉觴一飲，「屈平，你出使奔波，爲大楚的功業效力甚多，今日可要盡食而歸。」

「諾。」我也飲觴，「臣謝大王關心。」

王一邊享用這些佳餚，一邊殷勤地要我動梜，我便遵從王命而食，與王隨意談話，啜飲瓊漿；此時，我漸漸覺得自己有一點接近王。

不，是王慢慢走到我面前，拿起我已空的羽觴，要僕從滿勺，飲盡，隨即將羽觴放下，執起我的右手。

王此舉是何意？我不知所措。

「屈平。」王凝視我，「寡人的大楚，與你力圖昌盛。」

王爲何要如此說？擘劃國事，本就是我身爲左徒的責任，即使王沒有明說，我也會竭智盡忠。

「臣必定盡心，以報國恩。」

「寡人要你明白，你的背後，無須擔憂。」

「臣一直都明白。」

不在朝廷卻能聽見王的承諾，反而更顯重要，我心緒難以平靜，便很自然地將左手放在王的手背上，希望王知道我的感動。

「無論寡人是否在位，你都要守護大楚。」

王的另一隻手，也放在我的左手上。

「大王何出此言？大王正當壯年，霸業才要開始。」

「那是自然。」王慢慢地抽開手，拿起羽觴再飲，「只是，想爲大楚看得遠一些，多準備一點。」

我起身對王深揖，回道：「臣始終跟隨大王，不辱王命。」

王像是滿意地頷首，笑著回座，我亦入座。這時，逢逸讓人把鉶鼎撤去一旁，舞女和樂隊在樂尹的帶領下，羅列而入；許多僕從將編鐘安置，虎座鳥架鼓也輕放好。樂尹見一切妥當，便開始讓樂隊演奏，舞女歌唱。

隨著曲調的發展，我聽見《涉江》的變化，接著是《採菱》的流轉，再來又延續爲《揚荷》的悠揚，實在令我神怡。

我轉頭看王，王顯然也爲此心曠，莞爾地專注在眼前的樂舞。

這時，一女從外曼妙而入，身披著刺繡的輕柔羅衣，色彩華麗卻非奇裝異服，面容紅潤，目光撩人；有烏黑長髮和光澤而下垂的鬢髮，豔麗非常。

從這樣的態勢看來，身分應當尊貴，但我身居外廷，不識此女，也在情理之中。

「鄭袖，有何事讓妳至此？」王舉觴而笑。

原來此女便是南后鄭袖。曾聽聞最初並非此名，乃因入宮之時，王戀其貌美，故問有何所長，鄭袖並未答話，而是當場無樂善舞；王心大悅，隨即賜名袖，往後便以此相稱，更立爲南后。

「小童聽說大王在此擺宴，故來助興。」鄭袖緩步走到我案前，「此位想必就是左徒？」

「臣屈平拜見南后。」我起身一揖。

「在內宮多聞左徒事蹟，大王也常說起你，今日初見，未料竟是如此年輕。」

鄭袖語罷一笑，這笑可讓一國為之傾倒，難怪王會寵幸有加。

「臣只是盡心為國。」

「屈平是大楚之棟梁，寡人將變法，非他則不能成事。」王略微一頓，「寡人今日，甚為欣喜。鄭袖，起鄭舞。」

我轉頭看王，只見王已酡顏，現下更使南后起鄭舞，分明醉意盎然，但我此時也不便拂逆王的興致，又不能錯亂君臣之分，還是先行告退為好。

我起身向王作揖，說道：「南后為一國之貴，臣不能直視其舞，恐失本分，是故先行離宴。」

「左徒是嫌棄小童的鄭舞，難以入目？」鄭袖莞爾。

「並非如此。君臣有別，王所能視，臣未必能觀，尚祈南后見諒。」我故作腳步不穩，「臣已不勝酒力，唯恐失態，還望大王准許。」

「既是如此，寡人也不勉強，不能一觀鄭袖之舞，是你無福。」王依然飲觴，「屈平，你先離宴。寡人要恣意享受。」

「臣謝大王。」

我沿道而去，離開王宮，登上馬車，卻感到一陣不適，便要林嚴緩行，想藉徐徐清風，讓自己舒適些。只是，我很快地意識到，心裡的反感大過身體的反應；這種感受，恐怕會一直縈繞思緒。

鄭舞並非王者之舞。

我不否認這些歌舞適合宴席，觀賞確實使人放鬆愉快，但王似乎太過沉醉其中，對大楚的長久，沒有益處。

往後見王，我必須勸諫此事，要讓王明白節制。但王會接受逆耳之言？我卻不敢斷定，突然之間，我覺得我並不認識王。

頭又是一陣暈眩，看來我也是喝多，我決定回到官邸之前，只想閉目以待，暫時不願去想──《詩》說：「我姑酌彼金罍，維以不永懷」。

酌彼金罍，維以不永懷。

我其實離王相當遙遠。

憲令

昨日從王宮歸來，我連曹筑都還未安頓，就因醉入寐，醒來已是早晨，頭還有些疼，看來我確實超出自己的能力。

吩咐門外的僕從林惕送來盤匜，我洗手淨臉後，再換上新的朝服，打算前去王宮面見王議論國事，便再命林惕喚林嚴準備。

稍等片刻後，我步出住房，穿過院落，看見廳門未掩，於是再接近一些，發現曹筑端坐於內，像是在想著什麼事情。

我走進去，曹筑見我到來，便趕緊起身。

「妳坐。」我擺手，「昨日自宮內回來，身體不適，未能將妳安頓，實在失禮。」

「左徒無須在意。」

「若妳不棄，可將此處當自己住所，有何需要，跟僕從說。當然，妳可隨意來去，只是務必告知我，我也能替妳早作準備。」

「我會待在這裡。」曹筑神情堅決，「但我並非僕從，也未屬於誰。」

我頷首，說道：「我尚有要事，有何想法，等我回來再說。」

「明白。」

我離開廳堂，步出正門，乘上等候的馬車，前去王宮。

在途中，隨著馬車行進的顚簸，我思考著曹筑的事，雖然對於她能夠從方城脫離困境，而感到高興，我的俸祿當然不缺供食一人，但我與曹筑非親非故，也非從屬之分，這樣下去不是長久之計，得適時替她安排歸宿；想到這裡，總算有些明朗，往後再與她相商。

看著城內街道，其實從官邸去王宮的路途，比去朝廷要來得近，但那是走王道而行，昨日有幸在王的允許下，得以馳驅。因此，我還是只能來到朝廷大門外，從這裡繞過朝廷，直往王宮。

走過廊道，來到王所在的宮室，逢逸依舊侍立門外，我上前一揖。

「大王在此處否？」我問。

「大王在此。」

逢逸領我入內，看見一名相貌堂堂，雖然身著文服，體格卻相當健壯的人，正與王談話；那人見我到來，只是一笑，隨即對我作揖。

我回揖，心想不識此人，似乎又在哪裡見過，但一直看著對方，頗失禮數，於是上前對王深揖。

「屈平，適逢此刻，寡人有一事問你。」王說道。

「諾。」我回道。

「你認爲，鋈虎此人如何？」

當我回國，鋈虎護衛的任務也解除，自然回到乘廣覆命，歸環列之尹所轄，王如此問，是否代表鋈虎發生何事？

「臣出使數日，就臣觀察，以爲鋈虎此人，其心耿耿，有膽略，可將安危相託。」我如實答道。

「鋈虎歸來後，向環尹進言，說仰慕左徒爲人，願隨侍在側。」王看著我，「若寡人將鋈虎安排於你，你可同意？」

「臣不願以一人之利，竊用國家之器。」

「乘廣之師，爲軍中精銳，以護衛王族爲使命，你亦在列；難道寡人與你之血，還有親疏之別？」

「臣不敢如此想。」

「你可答應？」

「臣謹遵王命。」

「謝過左徒。」那人走到我身旁說道。

至此，我才會意過來，原來此人竟是鋈虎。鋈虎與我見面的時候，皆戴著半獸形面具，身著戎裝，如今脫下，我自然是不相識，卻也難怪會有些熟悉。

「未認出是你，切勿在意。」我感到失禮。

「左徒何出此言？」鋈虎頷首，「能讓我隨侍，從而了解天下大勢，是我有幸。」

「往後還請相互照應。」

「鋈虎，你此後便爲大夫。」王擺手，「都入座。」

我和鋈虎唯諾後，各自入座，僕從此刻也送上茶水。

「屈平，你現在入宮，是有何要事與寡人相商？」王開口問道。

「臣回想昨日之宴，羹臛與歌舞皆好，唯鄭舞一曲，望大王不可常觀，恐有損大王威望。」

「寡人自有分寸。」王微微頷首，「還有何事？」

「關於方城。」

「方城有何變故？」

「方城並無變故，只是葉公已歷三世之久，又遠在邊境，王都恐怕將會難以壓制。」

「寡人也曾想過這些封君的事，你有何辦法？」

「減爵祿之令。」

「你分明知道，吳起以此法身死，還是要推動？」

「大楚封君太多，臣計算過，竟有六十二名，其他諸侯最多也不過數名；大楚國土雖廣，也不能再如此耗費無用之資。食田既不歸於朝廷，難免造成法令由上至下，有時卻不能通達，此爲最大之害。」

「繼續說。」

「已歷三世之封君，只收其食田，改由朝廷按時供給爵祿。如此一來，封君名義仍在，但無多餘之財，豐其羽翼，勢力將削弱許多；國家得其食田，增益從前不足，也就有充裕的財富用以強兵。」

見王只是頷首，我便繼續說道：「改革要開始，必須先從食田著手，當烝民看見大王變法，知道封君勢力有相當的削弱，從此不必應付無窮的稅賦，生活壓力也將緩和，自然會更擁護大王所實行的新法；新法立，國家就能從根本開始強盛。」

「食田盡收之後，有多少改變？」

「每一個月，皆可得如今朝廷稅收兩年之資。」

王聽到這裡，啞然失笑，只是搖頭，並無答話。

「大王。」鋈虎起身，「臣能否進言？」

「說。」王擺手答道。

「從前臣在乘廣出征之時，便有感裝備不良，有少數軍士分配到的刀劍，竟然還需要再去磨礪。乘廣尚有如此瑕疵，其他軍隊恐怕更多。因此，臣也以爲左徒改革，確實有益於國家。」

「寡人何嘗不明白？」王看著我，「只是，屈平如此，是把性命都搭上去。」

「臣從不畏懼。」我對王深揖。

「去將憲令完成，寡人一日都不願再等。」

「諾。」

我與鋻虎起身，對王行揖而退，離開王宮，一同乘上馬車。

我讓林嚴再緩行些，想與鋻虎談話。

「方才謝謝你，助我穩定大王的決心。」我說道。

「我說的是實情，我也希望楚國強盛。」鋻虎莞爾，「要不受諸侯侵略，就得有一支裝備精良，且訓練嚴密的軍隊。」

「我也是如此想法。」

大楚強盛除了內政，必然要建立一支全新的軍隊，方能不畏外患之苦。這樣的見解，恐怕不是一般的侍衛會提出的，我突然對鋻虎的來歷，感到很有意思。

「鋻虎應該是你在乘廣的名稱？」我問。

「我都忘卻此事。左徒往後稱我韓甯就好，我的職務已經結束，自然不必再當鋻虎。」

「韓甯，你應該不是大楚之人？」

韓甯看著前面的林嚴背影，附耳輕聲答道：「除了大王與環尹以外，再無人知道我另一個身分，是王族一支。」

我感到訝異，若只是韓國之人，選擇到大楚發展，倒也無妨，但韓甯可是王族。是什麼原因，讓韓甯願意放棄王族的尊榮，甘心從一名侍衛當起？

韓甯像是明白我的不解，繼續說道：「七年前，我行過冠禮後，深感韓國孱弱，苦思救國之道，卻不爲朝廷所接納，考慮出走。某一日，聽聞常往來楚國的門客說詞，大王欲重整乘廣；我尋思良久，空有一身武藝，在韓只是徒勞，不如隻身入楚，遂以重金行賄環尹，進入乘廣。大王知我有心，便不計前嫌，任用至今。」

我敬佩韓甯的志向，卻也聽見弊端——私門之請，官吏因利害公，只會讓大楚的朝政逐漸失去秩序，這自然也得改革。

「左徒，我真羡慕你。」韓甯說道。

我明白韓甯爲何而羨，也明白自己何其有幸，得大王加身之殊榮；吳起爲山九仞，功虧一簣，在我任內，必定要完成此等新法，以告慰吳起之靈。

「我知道。衛鞅曾言：『背法而治，此任重道遠而無馬牛，濟大川而無舡楫。』有時不禁會想，這是否就是我的天命。」

「若此是天命，那左徒確是合適的人選。」

「此言尚早。」我擺手，「我不過永言配命，自求多福。」

「我會相當期待左徒所改變的楚國。」

「林嚴，可以照常馳驅。」我吩咐道。

林嚴略微回頭，答道：「諾。」

我並未回答韓甯，只是莞爾。當我接任左徒以來，許多事情讓我逐漸明白，唯有莞爾，才可能讓我眼中的道路，前進得更坦然一些。

車行片刻，回到官邸，我與韓甯一同入內，看見曹筑正在庭院漫步。

曹筑對我一揖，只看一眼韓甯，說道：「鋈虎？」

我和韓甯相視，我想他也與我同感，對於曹筑能夠立即認出他，甚爲訝異。

「正是。」韓甯答道。

只見曹筑似乎不太能夠接受，更不答話，逕自回客房去。

韓甯見狀，看著我說道：「爲何如此？」

「我亦不能理解，但你也不必在意。」我招來林惕，「領這位大夫到另一間客房，他若有吩咐，聽從便是。」

「諾。」林惕低頭，「大夫請隨我來。」

「謝過左徒。」韓甯對我一揖。

韓甯跟著林惕離開，我走往另一個方向，穿過院落，回到自己的住房，掩上門戶，打開扃鐍之牖，使陽光充盈滿室；接著在案旁就座，凝神屏氣，簡牘待書。

關於改革的是非成敗，皆在此一舉。而王，是我最大的支柱；只要想到這裡，我便能暫時忘卻得失，壹心而不豫，在簡牘的開端，一筆一畫，工整地寫下「憲令」二字。

烝民

雖然開始寫下憲令，已過數日，心中卻總有一種不甚踏實的感受，使我不能專注，於案前反覆尋思，究竟是何念頭，卻沒有答案。

忽然，我想起「民惟邦本，本固邦寧」這句話來，迷惑頓時消釋。

我捲起簡牘，起身佩帶陸離，離開住房，不遠處的林暘見我外出，便朝我走來。

「左徒有何吩咐？」林暘低頭問道。

「去告訴林嚴備車，我想視察都城的情況。」我回道。

「諾。」

林暘聞言而去，我則是走到水池旁，看著自己的倒影，不禁自問，我怎麼會如此怠忽，不就是爲了烝民，才要改革腐敗的政治？

我必須因應時勢的變化，來制定法條，其中最重要的，莫過於烝民的感受；新法成或不成，在烝民身上，都是意義深遠。

因此，我必須躬身去了解，在這片廣大的土地上，烝民的想法爲何？方城之地的隱衷，跟王都烝民的感受，會有何不同？

在我深思的時候，林嚴從門外走來，對我一揖，說道：「左徒，車已備好。」

我頷首以對，和林嚴一同走出官邸。

乘上馬車，林嚴看著前方，問道：「左徒欲往何處？」

「從南垣翼門出，自東垣角門入，後歸官邸。沿途不必疾行。」

「此條路線，會經過市井，朝臣從來是不去的。」

「這就是我應該去的原因。」

「諾。」

林嚴輕揚韁繩，馬匹起行，直朝南方而去，我端坐車中，留意周圍的情況。

車行數里，來到市井附近，看著喧譁的人群，我不願因馬車擋住去路，於是便對林嚴說道：「就此停下，我徒步而行。」

林嚴勒馬而止，我走下馬車，這時，一名將領與兩名侍衛乘馬而來，立於車旁，低頭看我；我看著將領，容貌粗獷，一道疤痕從右方耳垂，沿著臉型直至頷底，一身戎裝——與當時和我出使齊國的韓甯相同。

「敢問將軍何事？」我行揖說道。

將領下馬，也回揖答道：「我奉王命巡行，沒有想到會在此地遇到左徒。」

「大王命你來巡行市井？」

「自從大王要左徒起草憲令，便命令我常入市井，以聽民情。」將領豪邁笑著，「我叫莊蹻，現職爲統率乘廣之軍。左徒拜官的時候，我也在場。」

「是我不識將軍，切勿介意。」我看著莊蹻，「我倒是不明白大王用意，有需要讓堂堂乘廣之將，來做這樣的事？」

「左徒不用多禮。」莊蹻走到我面前，看著市井往來，「這便是左徒你所不知道的。我，就是在這市井出身。而左徒，又是爲了什麼，站在這裡？」

「和你的任務相同。」

莊蹻回身，說道：「既然如此，不如由我陪左徒走這一趟，如何？」

面對莊蹻坦率的性情，我很自然地頷首。

於是，我讓林嚴隨著莊蹻的兩名侍衛，在原處等待，便與莊蹻同行，進入市井，觀察烝民的生活。走至半途，雖然眼見交易頻繁，但我察覺得到，烝民表面上忙碌，卻都不時注意著我的行動；更有幾個烝民，先看見莊蹻，再看到旁邊的我，原本略爲欣喜的面容，隨即低頭。而莊蹻像是感覺平常，看著周遭，緩慢走著。

我感到不解，一邊走著，一邊問道：「爲何群眾見我，態度如此嚴肅？」

「原來如此，我正在疑惑，爲何他們不前來與我談話？」莊蹻繼續走著，「他們不知你是何人，但看見你的朝服，知道你具有身分，所以不敢接近，心生敬畏。」

「但我想明白，烝民對於大楚的法令，有何想法？我不希望他們有所忌憚。」

「此事不難。左徒請隨我來。」

我跟著莊蹻前行，莊蹻沿途只是招手，並未開口，便有許多烝民隨後，頃刻來到一處廣場；莊蹻走到中央，環顧群眾，我也站在一旁。

「今日，左徒與我來到這裡，是想聽聞各位對於國政的意見。」莊蹻轉頭看我，「各位就如往日，將左徒當成我，說出心中的話。」

道。

莊蹻說完，並無一人答話，群眾只是默默看著我和莊蹻。

「為何不開口？我自此市井出身，對待各位如家中父老，今日一心為國，請各位不要遲疑。」莊蹻說道。

這時，群眾之中，一名老者走到莊蹻面前，行揖說道：「將軍，你的苦心我們明白，但左徒起草變法，何等大事，凡夫豈敢恣意論道？」

聽聞此言，我更確定「民惟邦本，本固邦寧」的重要；為政者，不納烝民之言，全憑在位之權而下的法律，會是這個國家真正需要的？

不待莊蹻回話，我走到老者身邊，行揖說道：「父老，我今日來此，不為他求；法律之變，與烝民關聯甚深。因此，你們所說的每句話，相信都是對大楚的忠言。」

群眾仍舊靜默，我轉頭看著莊蹻，也不知如何是好。

「我不知道各位在擔憂何事，倒也無妨，我既來過數回，聽聞甚多，就由我開口。」莊蹻走近群眾，「這個國家，首要之弊，便是徭賦太重；烝民四時為國，何以為家？」

莊蹻此言一出，我看見群眾都在頷首，就連我自己內心，也是同意。

一名頭戴火紅幘巾的少年走出群眾，說道：「將軍既敢為我們直言，我也想說我的意見。」

「直說。」莊蹻擺手答道。

「左徒，願朝廷時常如此，注意我們的生活，將軍所言，皆為事實。」

老者聞言，對我行揖，說道：「左徒，此時所言，望你深思以對。」

我從烝民的話語當中，聽見他們對於大楚的期待，相反也是大楚的不足，如何補察這些事情，就是我的職守。

我走到莊蹻身旁，環顧群眾，對著他們行揖，說道：「我以左徒的身分許諾，將來憲令必定以烝民爲重，以求大楚圖強，各位不必憂慮。」

這時，我看見群眾當中，有一名不像烝民模樣的人，發現我在注意他，隨即轉身沒入群眾；我正要開口對莊蹻說，莊蹻卻早一步衝上前去，眾人見之四散，我也跟去。

莊蹻不愧行伍出身，我跟不上他，只能快步接近，但我同時也看見他不再繼續往前，反而停下腳步。

「如何？」我走到莊蹻身旁，那人已不見蹤跡。

「不是一般人。」莊蹻朝周圍觀察，「我猜想，烝民沒有率先開口，可能是發覺此人在場，所以心存畏忌。」

「若是如此，此人必定時常出入市井，回頭詢問烝民，便能明白。」

「所言甚是。」

於是我和莊蹻往回走，卻看見方才發言的少年，正迎面而來。

「你要告訴我們何事？」莊蹻直問。

「將軍，那人是景氏的爪牙，平日便會來此，自從將軍察訪後，更從早到晚都在此處，監察動靜。」

少年答道。

「景氏脅迫你們？」莊蹻又問。

少年頷首，說道：「此人揚言，市井之處若再議論國政，朝廷絕不寬宥。」

莊蹻深思須臾，笑著回道：「你回去告訴他人，我不會再來這裡，左徒亦然。」

聽聞莊蹻此言，我感到不明白，卻未開口，心想莊蹻必然有他的用意。

「我會回去告訴眾人。」少年回道。

「你們，就不要再議論國事。」莊蹻轉身而去，「左徒，我們離開。」

我看著莊蹻背後，又看少年一眼，隨即跟上莊蹻。

「我想知道你方才的用意。」我與莊蹻並肩走著。

「改革，要化明為闇。」莊蹻看著前方，「我回去也會請問大王，將來的行動；至於左徒，要早日將憲令完成，否則，將受制於人。」

「將軍之言，我會記取。」

「左徒，我比眾人更希望你改革成功，朝廷要烝民如何，長久以來，烝民也不曾怨懟；只是，假使人心離散，一個國家也不會存在。」

我頷首以對，莊蹻所說的話，確是事實，只是王族積弊一時難除，需要將眼光放遠；如何將反對的傷害減少，又能維護大楚穩定，是最為艱難的事。

「假使，有一朝我必須有所動作，我不會猶豫。」莊蹻停下，轉頭看我，「願左徒明白。」

我亦停下，回看莊蹻雙目，從中我能感受到他的剛毅，也明白所言的「假使」，可能會帶給大楚如何的局面。

莊蹻此人，受到這天下的陶冶，終是一把利刃，至於會是亂臣或義士？我不得而知，只希望改革可以百順，得以實行，讓大楚走在一條昌盛的道路之上。

「我明白。」

「我就先在此拜謝左徒。」莊蹻對我深揖。
「我不敢當。」我也回揖。
我和莊蹻又繼續行走，並未交談，想來都在整理心緒，直至市井之外——我的馬車與他的馬匹旁邊，停下而相對。
「我將回去謁見大王，願左徒順利。」莊蹻說完，隨即跨上馬匹。
「我會盡心完成。」
莊蹻對我頷首致意後，和兩名侍衛絕塵而去，我也乘上馬車，看著他們漸漸遠離。
「不往南垣翼門而去，返回官邸。」我對林嚴說道。
「諾。」
林嚴掉轉馬車，循原路而行，我在車中，不斷回想莊蹻和烝民的話語，更對景氏之惡，感到憤懣；若王不能一時整頓朝綱，大楚便有後顧之憂，憲令如何能行？氏族之根，是國家根基，我有辦法將不好的部分徹底刈除？
越深思這些疑惑，我越能夠體會吳起當時變法的困境，卻也因此，沒有任何理由再退卻。
回到官邸，跨過門檻，見韓甯立於池旁深思；我同時想到韓甯曾歷乘廣，便走過去。
韓甯見我到來，對我行揖，說道：「左徒，自外而來，想必是爲國事奔波。」
我亦回揖，回道：「爲國事自是本分，今日在市井之中，遇見一人，想與你探問此人。」
「左徒請言。」
「此人便是莊蹻。」

「將軍莊蹻？不在乘廣，卻在市井？」

「據說是奉大王之命而行。」

「大王相當重視改革。」韓甯頷首，「雖說巡察民情並非戰事，但我以爲戰事之憂，不分內外；因此乘廣之將巡行，在我所想是情理之中。」

「你以爲此人如何？」

「在我入乘廣之時，他已是統領乘廣的將軍；經過多年共事，以我觀之，爲人勇猛果敢，重私情。」

「重私情。」我低頭看著水面，「未知對大楚是好是壞。」

「我亦不敢論斷。但能夠肯定的一點，便是他不會與守舊一黨聯合。」

我沒有回話，韓甯所言甚是，不會站在守舊一黨那邊，就是對改革最大的助益。

我仍然看著水面倒影，卻只看見王的容貌。

現實

自從落筆新法，以及在市井遇見莊蹻，隔日我又去一趟王宮，向王稟告此事，得到王回覆與期勉後，我便回邸繼續新法的撰寫。舉凡散朝後，在住房便是鎮日擬定條例，甚至另外準備一案，要僕從將膳食置放於此，膳畢就稍事休憩，繼續振筆，直至夜半才就寢。

如此這般，一連數日。

今天一如往常，散朝返回官邸，在大門遇到正要外出的韓甯，便與他閒敘，才知道韓甯深感憲令之重要，怕擾亂於我，故這幾日都不曾找我；我也才想到，沒有跟曹筑講過話，不過倒是從房牖見過幾次她在水池旁默坐，不知有何心事。

回到住所，於案旁整理關於吳起新法的簡牘，每看一遍，更覺得吳起此人實在高明且可敬；在一片黑暗之中，吏治腐敗的大楚，還能洞察人心，提出的新法條條灼見，不因環境險惡而有所退卻。

而且新法至今受用，卻也使我感到悲哀——大楚朝廷的風氣竟是凝滯如此。

確實如王所言，改革的腳步，一日都不願再等。

此次變法，我也讓林愓找來魏國李悝、秦國衛鞅的法條，看其中是否有可以統合吳起新法的條例，畢竟它山之石，可以爲錯。

就在我展牘而觀的時候，林愓走進來，說道：「左徒，上將軍來訪。」

屈☒此時來找我，會是何事？

「領上將軍到廳堂，我隨後相見。」我回道。

「諾。」

林暘離開後，我將案上簡牘一一捲起，憲令以繩繫之，便離開住房，前去廳堂。

屈匄年長我十二，氏族之中，只有他最與我親近。屈匄體魄異於常人，卻好謀略，此時一身官服，未著戎裝，已在廳內等候，見我到來，先是一揖，說道：「在左徒自齊國返楚後，我便該來見你，但我軍務實在忙碌，一直遲誤，今日總算得閒來訪。」

屈匄勇武過人，每遇大楚對外征戰，或有敵進犯，必定自告奮勇，臨陣從不言退，常往前線直驅；遭受的箭矢刀劍之傷，在他身上，留下的疤痕如星繁多，似蚓環繞。

是故，屈匄深得王的器重，常於朝廷上誇其膽識，更在三年之內，累建戰功，擢升爲上將軍。屈氏出此良將，我實在同感榮耀。

我莞爾回道：「上將軍不問軍務，偷閒至此，看來是對征戰之事倦怠？」

屈匄笑著，說道：「實不相瞞，是我自己想喝酒，乾脆藉你完成同盟之名，帶楚瀝來此。」

「是很久沒有與你對飲。」我擺手示意，「請入座。」

「請。」

我與屈匄就座後，林暘便送上羽觴，並將楚瀝勺入；我隨即要林暘退於門外等候，想和屈⊠盡興而飲。

屈匄豪邁地連飲三觴，說道：「近日還是忙於新法之事？」

「已有相當進展。」我啜飲一口。

「我雖然只是位將領，但有什麼能夠相助之處，儘管跟我說。」

「雖然吳起新法之中，有提及軍制的變革，但不顧現實而沿襲，可能會造成錯誤的發展，所以我想聽取你的意見，畢竟你現在有兵符掌軍，會比我還了解實情爲何。」

「就我所見，最嚴重的情形在於，楚國士卒勇則勇矣，進擊時太過於深入，該退卻時反而不惜性命；雖有軍法與號令，也無法禁絕這樣的莽撞。」

「你的意思是，有人會恃勇而驕，不正視戰場上的號令？」

「不在少數。有的卒長更自恃軍功，以及過往多年的經驗，常在交戰的時候不按陣法，雖然戰爭最後打勝，卻跟其他卒長發生嫌隙，並無助於整軍的士氣。但有些將領甚至相當贊同如此行動，認爲可以激勵士卒向前。」

「這陋習確實必須革除。」

「你說的吳起新法，有沒有碰到這樣的情況？」

「有。」我頷首，「吳起雖然視卒如愛子，但曾有一卒，臨陣未聽號令，雖然殺敵數人而還，吳起仍然軍中執法，以叛亂斬之，梟首示眾，從此軍隊無敢犯令者。」

只見屈匄默然飲觴，我猜想他和我有同樣的見解。

「你以爲如何？」我問。

「此法雖好，卻是太甚。雖然是爲正軍法之嚴，但士卒未必心服，不算從根本解決疑惑。」

聽到屈匄考量與我相同，我便繼續問道：「那如何解？」

「直接從士卒的素質開始整頓。」

「看來你已經有初步的構想。」

「還不算什麼構想。」屈匄滿觴而飲，「我以爲，一支好的軍隊，上下應該明白禮法，對於戰爭要愼重，不能只是殺敵而已，必須試著從全盤局勢去推進。」

「你說的想法，大致就是吳起治軍的一部分。」我也飲完滿觴，「你已經成爲相當出眾的將領。」

「但法成不在我，而是在你。」

「我會戮力求成。」

我對屈匄舉觴，屈匄回敬，彼此都相當欣喜，對於大楚的改革，又前進一步，且更具信心。

屈氏是大楚三大王族之一，雖然也有不少人爲官，但在朝廷的影響卻不如景氏、昭氏深遠，縱然因爲王的信賴，我才得以出任左徒一職，卻不曾得到多數人的支持；雖說憲令頒布後，將是王命不可違，但其實我更希望，舉國都是眞心擁護的——這並不是只有我一個人效忠的大楚。

屈匄現在的到訪，減輕我許多疲憊。改革的道路終究艱難，但我並不是孤軍。我的理想，不只有王明白，屈匄也明白，那麼，一定也還有人會明白。

我只要在我所相信的道路上，不斷前進就好。

「怎麼？酒不好喝？」屈匄問道。

我回神過來，笑著回道：「這酒，眞想時常喝到。」

「那我辭去上將軍職務，到左徒名下做一位門客如何？」

「你這是要喝垮我。」我將自己的羽觴推到屈匄面前，「最多只有這些。」

屈匄大笑不已，取過羽觴喝盡，說道：「我也該告辭，楚秦關係不睦，西北駐軍要早日準備。」

「你所言甚是，一旦開戰，軍械輜重的後援，能否及時送達前線，都是要處理的事務。」

屈匄頷首，起身與我作揖，說道：「改日再敘。」

我也起身回揖，和屈匄一同離開廳堂，送至大門；屈匄擺手，隨即乘上馬車而去，我站在原地看著，心裡很是感動。

我回到住房外，卻發現門戶未掩，心知有人已在，便快步進入。

當我入內，卻看見林愓和靳尙在此。

林愓見我到來，連忙走來，低頭說道：「左徒，我實在勸阻不了大夫。」

「你先出去。」我不想苛責林愓，服從尊卑是他唯一記住的事，「把門掩上。」

「諾。」

林愓出去之後，我與靳尙隔著一點距離，我沒有開口，只是看著他。

「左徒如此清閒，改日我也攜酒而來才是。」靳尙莞爾。

「大夫來此何事？」我正色回道。

「大王欲知憲令起草如何，所以命我來詢問相關的內容。」

王想知道憲令，何不在朝廷問我便是？靳尙假王之命，探問憲令之法，究竟是何意圖？

「憲令爲國家之事，大王可召我入宮稟告，不必使大夫至此。」

「左徒就這麼不相信你的同僚？」

「與其相信你，我更相信我對大王的了解。」

「既然如此，左徒，你聽過什麼是流言？」

我實在不可置信，會從同朝的大夫口中聽見這兩個字，但我同時也想通——靳尚此來，應該就是景氏所指使。

憲令將參考吳起新法，這在朝中並不是什麼祕密，新法相當損害守舊一黨的利益，甚至可能禁絕，也是眾所皆知；那麼，守舊一黨會對我做出反擊，也是自然。

這一切，我都明白，只是憲令未頒，現在就要動手？

「大夫，謹於言而慎於行，願你記得。」我走到案前。

「難道你以為，大王可以堅持多久？」

我沒有答話，這確實是我最擔憂之事。

吳起在楚改革，有屈宜臼的否決；衛鞅在秦圖治，有甘龍、杜摯的攻訐。這些事情都一再說明，實行變法的困難，而守舊一黨的勢力有多麼深根固柢。

假使掌管國家運行的王，會容易受到動搖，被反對的聲音影響，變法就注定要遭受失敗。

「看來我猜到左徒的心事，也掌握致命傷。」

「個人的榮辱我不會放在心上，但是不准你傷害大王。」

「我怎麼能傷害大王？但是我會利用大王，傷害你。」靳尚走到我面前，「我會讓你知道，愛與恨的分界太容易跨越。我會讓你在意的人，厭惡你。」

「你！」我終於忍無可忍，瞪著靳尚，「別無理取鬧。」

「天生容貌清秀，加上博聞強識、嫻於辭令，難怪大王對你是言聽計從。左徒，你真是一個會讓別人充滿嫉妒的人。」

「嫉妒是出自於本身的無能。大夫，與其嫉妒我，不如將你的才能致志於振興大楚才對？」

「無妨，最後會贏的人，不會是你。」靳尚轉身便走。

看著靳尚推開房門離去，我在案前就座，展開已寫一半的憲令簡牘，卻感到冷汗不斷從額頭滲出，我居然會對那些話語不安，更讓我慚愧的是，此刻已沒有心思繼續規劃。

低看著自己的字跡映入眼裡，我想到王，他力圖稱霸的雄心，我一定要幫他完成，就算會失去性命，我也毫無怨言；只不過，一想到靳尚的事，就讓我覺得，必須要準備對應之策，守舊一黨是不會給我任何機會的。

逝者如斯，不舍晝夜，現實已經朝我而來。

讒言

自從靳尚回去之後，數日皆無動靜，即使在朝廷上遇到，對我也只是頷首而過，彷彿未曾發生過那件事；就連子蘭也是如此，好像過往的反對，與他都沒有任何關聯。

這些跡象讓我不禁感到憂心，所幸王對我的態度並沒有改變。

今日，議論完朝政，群臣皆退，我依然走在最後，一步步踏著石階而下，眺望遠處，到達地面的時候，看見上大夫陳軫等在眼前。

「左徒。」陳軫對我一揖。

我走過去，回揖問道：「上大夫在此，是等我？」

「是。」

「敢問何事？」

「左徒近來未聞流言？」

「有何流言？」我心裡一愣，但還是故作鎮靜。

「說左徒出使聯合齊國，以為不世之功，將憲令當成攻擊異己的手段，更暗中圖謀楚王之位。」

我莞爾，看著陳軫，答道：「此等流言太過粗鄙，有識之人絕不會相信。」

「敢問左徒，守舊一黨的人是否算有識之人？」

我略微一頓，守舊一黨大多為王公貴族，習禮學武，參與朝政，縱然本身無才可言，也算可以增長見聞。陳軫以此問我，我也只能如實答道：「算。」

「那麼，是希望變法的人多？還是因循守舊的人多？」

我沒有回答，因爲這是相當明顯的事情。

「若左徒以爲朝廷沒有風吹草動，就能相安無事，將來就要引禍上身。」

「但這流言實在太過荒誕，何須重視？」

「流言之所以能夠殺人，就在於會聽的人是誰。」陳軫正色回道。

我只想到王。

「上大夫，你說的是大王？」

陳軫頷首不言。

我繼續問道：「大王既託憲令於我，必是對我足夠信任，難道還會對我起疑？」

「大王既然可以因爲一己好惡，擢升你爲左徒，自然也能對你有所譎疑。」

聽到這裡，我總算是清醒過來。

雖然相信王不會中計，但是靳尙應該已經動手。

「願上大夫教我。」我對陳軫一揖。

陳軫見四下確實無人，才說道：「攜憲令入宮，直接探詢大王的態度。」

「但憲令尙未完成，此去只是拂逆大王之心。」

「若是如此，在憲令完成以前，除了大王之命，你切莫入宮。」

「明白。」

「願左徒小心行事。」

陳軫與我作別，我也轉身走一段路，乘上馬車，準備離去。

這時，一名僕從往此快步而來，我見狀便吩咐林嚴不發；僕從行至車旁，對我深揖。

「南后有命，召左徒速往宮中。」僕從說道。

鄭袖為何突然召我？而且這分明暗中指使僕從跟隨，否則怎會知道我散朝後並未離去？

陳軫方才警告我的，難道就是此事？

「敢問南后有何要事？」我回道。

「我實不知，我只是前來傳話。」

「回去稟告南后，屈平賤軀不適，改日再入宮拜見。」我不待僕從答話，「林嚴，啓程。」

「諾。」

林嚴揚鞭，馬車即將往前駛去，未料僕從竟然俯伏在地，喊道：「左徒！」

林嚴見狀，便停下動作，回頭看我。

僕從抬頭說道：「南后有言，左徒不至，便要以未盡責任之名，將我入罪。」

以人性命逼我入宮？雖然我覺得沒去，鄭袖未必會眞的加刑於僕從，但又曾聽聞其爭寵之事，讓我不得不深思眼前的狀況。

只是僕從如此舉動，不禁使我想起與曹筑初見的時候。

終究是於心不忍。

「林嚴，往王宮去。」

「諾。」

林嚴駕車朝王宮而去，我閉起眼睛，想沉澱如麻的思緒。

我並不畏懼流言，我所擔憂的是傷害大楚，還有我效忠的王。

若把王與我的名譽一起衡量，肯定是王重要；但事實上，也無須比較，自己的名譽，哪裡能夠和王的將來相提並論？

陳軫的勸告，我由衷感謝，可是現在，並非我避而不見的時候；無論守舊一黨有多少暗箭，我都應該捨身而戰。

馬車繞過王道，轉入我熟悉的路線，頃刻之間，已至王宮。

走到王所在的宮室不遠處，跟從前不一樣的是，逢逸並未侍立於外，那說明王此刻不在此處，我接近門外，看見鄭袖在內。

鄭袖剛好背對著我，我跨過門檻，對她一揖，說道：「臣拜見南后。」

鄭袖沒有回身，也未答話，就只是沉默地站著。

我朝前走數步，再問：「南后？」

鄭袖此時轉過身來，柳眉微蹙，面容帶淚，淚珠不停地從雙頰滑落，像是受到極大的委屈和侮辱。

「南后，發生何事？」我毫無端緒。

「屈平，我……」鄭袖只是嗚咽，「你……為何如此……」

「臣不解南后用意。」

眼見鄭袖如此，我錯愕不已，這是我沒有想過的情形。

我應該就此離開，還是待在原處？

看來無論我進或退，都將無從辯解，我從一開始就落入陷阱，這陷阱應該也非鄭袖一人所爲。

就在我思索的時候，王來到宮室，身後跟著逄逸；王見到鄭袖如此，和我一樣盡是困惑。

「鄭袖，你怎會在此？」王上前摟腰而憐，「還有，發生何事？」

「小童……大王定要爲小童評理……大王……」

鄭袖話語未落，又是一陣哀泣。

「有何煩懣，都說與寡人。」

「諾。」鄭袖以袖拭淚，面容尚存淚痕，「小童知道大王議事，故先於此等候，到此不久，左徒便至，拜見過後，起初也相安無事，豈知左徒出言羞辱。」

鄭袖無中生有，我上前欲爲自己辯解，但王看我一眼，擺手說道：「屈平言語爲何？繼續說。」

「左徒指責小童以鄭舞亂楚，要小童勿當褒姒，讓王淪爲周幽。」

「屈平還說何話？」

「左徒……」鄭袖淚珠再落，「還說小童若不悔改，不惜以自己性命相取。」

只見王神色自若，對我說道：「屈平，可有此事？」

我搖頭，向王深揖，答道：「有此事，也未有此事。」

「寡人明白你。」王似乎料到我會這麼回答，只是頷首，「鄭袖所言，確實是你肺腑之言，對否？」

我雖未言，但淚已盈眶。

王繼續說道：「不過，並不會有此事，若你欲勸諫寡人，必當面說矣。」

我仍未言，抹去淚痕，對王深深一揖。

鄭袖眼見如此，繼續說道：「大王，你要相信小童哪，左徒他……」

「寡人相信妳，也相信屈平不會以性命要脅。」王打斷鄭袖話頭，看著我，「屈平，你先回去。」

「諾。」

我卻行而出，通過廊道，回到馬車旁，終於忍不住嘆氣。

「左徒？」林嚴問道。

「無事。」我登上車，「回官邸。」

林嚴唯諾後，也未再問，便駕車離開。

我反覆地想著方才的事情。陳軫是對的，鄭袖是對的，王也是對的，似乎，只有我一人是錯的。錯在我太想改變這個國家，只憑藉著自己的理想，就要所有人接受。難道，我夜以繼日，所做的事情，是不對的？

其實，我與守舊一黨之間，都知道彼此在做什麼，也都相當明白會有什麼結果，更為相同的一件事情是——都以為自己是正確的。

這便成為當前最大的困境。

只是也無從選擇，只能各自朝向目標落子，看誰得到最後的優勢，就能讓盤面決定勝負——待我將憲令完成，便可以取得對我有利的布局。

回到官邸門外，卻看見靳尙等候。

我走下馬車，等林嚴離去後，便對靳尙問道：「大夫來此，又是大王之命？」

「左徒還真是在意。」

「若無要事，我先失陪。」

我欲進入官邸，靳尚卻伸手擋在前方，將我攔阻。

「左徒無事回來，讓我不解。」

我還在思考鄭袖那些話，不像是偶然，至少是準備過的。聽到靳尚如此說，原來鄭袖此計，出於他之手？那也就不難理解。

「你所不了解的，還有大王對我的信任。」

「看來是如此。」靳尚將手收回，「也好，崑蔽象棋，總是要有相當的對手，才不會太快結束。」

「假使大夫執意，我只有奉陪到底。」

「但願左徒對此事重視一些哪，你的對手不是只有我。」

靳尚真是驕矜，卻也所言不虛。確實，我要面對的，是整個守舊一黨的勢力，甚至可以說是附著於大楚身上，幾百年以來的鬼魅，若我不能消除，就會遭到反噬。

「不用大夫勞心。」

「而且，你如何肯定，南后現在埋下的種子，哪天不會萌芽？」

我未答話，只是看著靳尚。大王雖然知我，我對大王卻知之甚少。我突然明白，我無法跟隨大王朝夕，那必定會給守舊一黨可趁之機。

「左徒，憲令停止起草，對你或我，對社稷，都是最好的利益。」

「妄想。」

我不再理會靳尙，逕自而入，更使林愓關上門戶。

我走到院落，欲返住房，又見曹筑坐於池旁，靜觀水面。

「妳好像很喜歡這水池？」我走過去。

「左徒，我剛才想要來這裡坐著，但是經過的時候，都已聽見。」

曹筑並未起身，依然看著水面。

「無妨。」我也坐下。

「假使天下是這水面，也眞的無妨？」

曹筑隨手拾起一塊碎石，拋進池中，水面便起漣漪。

我看著曹筑，不明白她爲何會說出這些話，如此感覺，就好像是鋻虎告訴我要籌劃新軍一樣，背後有我不知道的身分。

「若天下是這水面，確實也無妨。」

我也拾起一塊碎石，拋到相近的位置，再起漣漪。

「可惜，你是位有意思的人。」

曹筑莞爾，起身而離，往客房走去。

我看著曹筑的身影，想著方才的水面；看來，曹筑也不是一般的難民。

在憲令的困難以外，又多一件需要思考的事。

暗箭

被鄭袖與靳尚聯手讒害後，經過幾天，午過申時，我在住房將憲令告一段落，便使林愓去請韓甯至此，並將被害之事盡告與他。

韓甯聽完，神情凝重，說道：「守舊一黨竟然這麼快就動手。」

「何況現在大王還支持憲令，事態比我想得更嚴峻。」

「敢問憲令還有多少未完？」

「所有篇目已立，唯文字還要修改，再謄以正本，便能入宮交於大王，隔日頒於朝廷，約略這兩日可成。」

「如此甚好。」韓甯頷首。

「尚有一事，我心存疑。」

「左徒明言。」

「前些時日，我與曹筑在池邊相談，我以爲她並非一般人。」

「何以見得？」

我將天下水面一事，細述一遍，韓甯聽完，沉吟許久。

「曹筑當眞如此說話？」韓甯不解。

「確實如此。」我答。

「誠如左徒所言，我也以爲不尋常。現在回想，方城之時確有怪異。」

「你有何發覺？」

「齊國大夫竟在方城之事，且先不論；若曹筑眞是一般罪人，許登便應該命士卒即時帶走，並非讓她有機會與左徒對話。」

「你的意思是，這一切都是葉公安排？」

「隔日許登又送來曹筑，不就是看準左徒會收留她？」

「那麼，讓曹筑待在我身邊，又有何圖謀？」

「目前尙未明朗。」韓甯正色答道，「但左徒莫忘葉公屬於哪一邊。」

我深思一會，說道：「以你在乘廣的經歷，會如何處理？」

「使人暗中跟隨蹤跡。若左徒信得過，不如由我來探察。」

「你願協助，我確實較爲放心。」

「左徒勿憂，我會看清是怎麼一回事。」

「雖然是大王命你隨侍，但讓你去做這樣的事，我心甚是惶愧。」

「左徒不必過意。隨侍一事，出自我本心，但起初環尹並未同意，後經我請求，才稟告大王；大王一聽此事，不經思量便同意，更命我掃蕩會傷害左徒的種種，可見大王也相當在意。」韓甯莞爾，「你的安危，早已不是自己的事。」

原來，大王這般憂慮我？而我，卻還在遲疑大王對憲令的決心，如此爲臣，實在羞慚難當。

「那就各自行事，勿生不測。」

「左徒亦是。」

正與韓甯談話之間，有人於門外輕叩，說道：「左徒。」

我一聽是林愓的聲音，便答道：「有何事？」

「謁者帶王命來此。」

逄逸領王命來此？宮中發生何事？

「領謁者到廳堂，我現在過去。」

「諾。」

「莫非守舊一黨又有動作？」韓甯像是明白我的不解，「左徒還是快去。」

我頷首示意，便辭韓甯而去，前往廳堂。

來到廳堂，我與逄逸相互作揖，逄逸使林愓退下。

待林愓退出廳堂後，逄逸才對我說道：「大王命左徒即時隨我入宮，不得過問。」

「明白。」

大王此命，究竟是何用意？我連爲何而去都不能得知？

心裡雖然納悶，但還是走出廳堂，命林愓去喚林嚴準備，我稍事整理朝服後，於大門外等候馬車；我轉頭看著已先上馬的逄逸，他好像比往常沉默，讓我不禁開始猜測原因。

頃刻，林嚴驅車而至，我便乘車，逄逸見狀，遂駕馬而行，我使林嚴跟隨。

車馬途中，我忽然發現一件事，此去不會到達朝廷往返王宮之路，而是與王對宴那時，我從王宮返回官邸通行無阻的王道；對此，我更加疑惑，但也只能隨著逄逸而行。

將至王道之時，逢逸勒馬而止，林嚴也隨即停下，相距甚近；我在其後，只見逢逸從袖中取出王命銅龍節，隻手將其高舉，一邊駕馬而去。林嚴見狀，亦然驅車。

王究竟所爲何事？竟使逢逸持節召我，直朝王宮？只是我想得再多，也不會知道王眞正的用意，唯有到達王的面前，才能明白解答。

由於車從王道，很快便來到王宮，我隨逢逸入內，看見王正坐於位，略有怒容。

「臣拜見大王。」我對王作揖。

「你看此是何物？」

王把案上簡牘交給逢逸，逢逸再遞給我。

我展牘而觀，只看數行，實在不敢相信——上面所寫的，竟然皆是憲令之條，雖然內容未有簡牘一半，卻完全是我的想法。

「大王，此物何來？」我正色以問。

「寡人命逢逸持銅龍節召你，就是要問你此物何來！」

「大王，雖然內容確是憲令，但臣實在不知。」

「逢逸，告訴屈平此物何來。」王慍恚不已。

逢逸聞言，遂說道：「左徒，大王未時至此，見門前有此簡牘，命我拾起，大王觀後不久，令尹也持簡牘到此，一經比對，內容皆同；大王遂命我外出探聽，才知道約略未時，群臣官邸門外，皆有相同的簡牘。」

我錯愕無言，一不留神，手中簡牘掉落在地，究竟爲何？

逢逸繼續說道：「更有景氏、昭氏大夫，以及幾位大臣所說，左徒常耀己功，於人便道：『除了我，憲令無人能爲。』眾雖有怨，但左徒爲大王任命，皆不敢直言。」

「屈平，有何辯解？」王問道。

這些分明是守舊一黨的誣陷，面對僞造的事情，我如何解釋？

我作揖答道：「臣不知從何說起，此事並非我所爲，亦未曾說過那些話。」

「若非你所爲，簡牘內容又爲何是憲令？」

「臣尚無端緒，但憲令爲國家大事，臣絕不會輕易示人。」

「屈平，寡人是信任你，對你有深厚的冀望，故命你爲左徒，並非讓你好自矜誇。」

我默然不語，所有對我的控告，都不是我平日的言行，王難道無法區別？

「寡人本以爲，憲令如此重要，完成之時，必是寡人最先得知；今日如此，對你，甚是灰心。」

聽見王這樣說，我感到頹然，只能回道：「事發突然，臣愧對大王，但憲令全文，確在臣住處；臣謄完正本，必自縛親送至此，以謝大王。」

王擺手說道：「寡人此刻厭倦，命你返回內省。」

雖然還想說服王息怒，但見王心意已決，也只好退讓。

「諾。」

我作揖而退，沿途尋思不已，憲令內容從未洩漏，就連韓甯也未知曉，所有文字盡出我一人之手，入我一人之眼，那麼這些簡牘到底從何而來？更有意使王和群臣皆知，坐實陷害，讓我難以爭辯。

我乘車繞王道而回，正行之間，林嚴突然開口：「左徒。」

「何事？」

「左徒閉門著述之時，我上街閒行，忽聞烝民議論，說左徒與群臣達成協議，新法決定嚴酷，將以十家爲限，取一家之產充國家之倉，不從者盡皆流徙。」

我聞言失驚，簡牘洩漏一事，已讓我有口難言，現又有新法流言四起，守舊一黨必將取其言而攻我——王還會不受動搖？

「你何時聽聞？」我問。

「昨日從王宮回官邸後。」林嚴馳行過彎，「左徒此事要緊，置之不理，早晚會傳入大王耳中。」

我未回話，林嚴所言甚是，只是此刻回宮，王必不接見，不如返回官邸，與韓甯相商，早作良圖。回到官邸後，天色漸暗。我使林惕去請韓甯到住房，韓甯頃刻便至，遂將門戶掩上，兩人就於華燈案前商議。

我將宮中之事細述一遍後，說道：「我眞不明白，憲令到底如何洩漏？」

韓甯尋思一會，回道：「近日可有他人來此？」

我回想近日情形，當我在官邸，便是於住房著述，來訪的人只有屈匄；其餘時候，我人在朝，返回也未見林惕通報，應是無人來訪。

我搖頭，說道：「除了上將軍屈匄以外，無他人來此。」

我話才剛說完，閃過一念，脫口而出：「還有大夫靳尙。」

韓甯蹙眉，又問道：「是否還有他人在場？」

「有林惕在。」

我像是找到疑惑裡的癥結，憤然起身，快步走到門口，使林惕入內，於案前細問。

「那日大夫擅闖於此，還有何舉動？」我問。

「大夫至此，任意翻閱簡牘，我苦諫不從，須臾左徒便到。」林惕低頭回道。

「退下。」

「諾。」

林惕退出住房後，我愣怔良久，韓甯也是沉默不語。

看來，此事確是靳尚所爲，難怪洩漏的憲令，只有些許內容，但已讓王對我的信任，造成相當的摧殘。

「還有新法流言，在都城四起。」我搖頭。

「左徒前去宮內之時，我於街市亦有耳聞。」韓甯頷首，「左徒不能放任，還須對大王澄清。」

「明日無朝，我自會前去王宮，與大王解釋。」

「雖然知道左徒目前已倦，但我有一事，還望知曉。」

「願聞何事。」

「有一人來偷見曹筑，我暗中跟之，那人竟往右尹官邸而去。」

右尹？右尹爲昭氏所掌，莫非葉公此事與跟昭氏有所關聯？

「邊境之臣，跟朝廷重臣有聯合的圖謀？」我問。

「此事不難猜想，都是互相利用，早已是朝中積弊。」

「曹筑那邊，還需要你繼續探察，憲令之事，我會仔細處理。」

「明白。」韓甯起身而揖，「左徒儘早歇息，有何情形我會再來報知。」

我頷首以回，韓甯遂退，留我一人獨對華燈；眼見蘭膏明燭，回想今日紛擾，唯有嘆息不已。

薄言往愬，逢彼之怒。我心匪石，不可轉也。

名分

憲令事發隔日，我巳時前往王宮，欲拜見王，但行至廊道，便爲守衛所阻，豈料一連數日，皆是如此；而王亦是數日不朝，閉宮不出，顯然對著憲令的事而來。

我早已將憲令謄完，斗檢封之，但見王無路，甚是煩懣。而韓甯那端，也無異樣，據聞曹筑並無動靜。如今，既已進退失據，我便將憲令重啓，深思是否還有能再修改之處，以待王令來召。

正覽之間，林惕叩門報說右尹親至，已在廳堂靜候。

我心有所疑，右尹昭般來此爲何？景氏和昭氏皆爲守舊一黨，而代表景氏的靳尚已然動手，莫非這次圖謀將由昭氏領頭？

我離開住房，走到廳堂。昭般已入座，正喝茶水，知我來到，也未起身。

我仍是於前一揖，說道：「右尹到此，不知爲何？」

「老夫欲問左徒，這憲令之用，將有功於楚國，」昭般撫著白鬚，「或是危害楚國？」

「憲令一事，右尹如何看待，便是如何之用。」我入座答道。

「變法一旦動搖國本，宗廟將祟於大王，左徒何能承擔？」

「變法未行，右尹便鑿鑿其害，恐怕有失大楚立業之氣魄，憲令所爲之事，皆是除弊興利，爲大楚重奠霸業根基。」

「左徒有何憑據？如今已有常規可守，不必再因事而制禮，此爲國家安定之道。」

「所謂安定，需因時制宜，沿襲舊規，無法順從天下之動，必將反受其害，大楚危矣。」

「左徒固執於憲令，不過自恃大王之信任，非得人心所望。」

正言間，忽聞外頭雷鳴驟響，雨勢滂沱，昭般只是嘆息。

「大楚積弊已深，且封君之害更甚兵戎，不儘早良圖，國家棟梁將傾。」

「左徒未經閱歷，便居高位，此爲大王之過；不知大王治下楚國，因有封君操持，朝臣協同策謀，才有疆土千里之局面。」

「右尹，不要只活在過去。」我起身以揖，「爲大楚的將來，認清現實，才是在輔佐大楚。」

「左徒難道以爲，憲令眞有未來？」

昭般說完便起身，走到廳門，看著大雨，轉身又道：「可惜左徒，雖是人才，卻不會走路。」

我走到昭般面前，回道：「大道之行，天下爲公。」

昭般聞言，冷笑不已，隨後踏出廳門，由自家僕從持傘接著，緩步而去。

我返回入座，尋思雨停再回住房，暫時於此稍歇。

正閉眼定神，聽見有人進入廳內，隨即睜眼，見是韓甯，方感安心。

韓甯雖然持傘而來，也淋雨些許，仍不忘對我作揖，說道：「左徒，右尹來過？」

「確實如此。」

「可有不尋常的舉動？」

我感到納悶，反問：「右尹爲憲令之事而來，何出此言？」

「昨夜我利用乘廣的關係，去暗查偷見曹筑之人，此人前去右尹官邸，今日午後竟死於城外，發現時，已被砍為脯醢。」

我聞言錯愕，實在不明白當中隱情，此人遭受如此殺害，必是知曉重要之事；而這事，又顯然與我有關。

「所以你以為，此事跟右尹有關，今日來此，是為了試探？」我問。

「不可不慎，現在朝廷上下，大多坐視左徒為敵。」

憲令一至於此，我忽然感覺相當憂慮，而且疲憊。

但是在此放棄功業，將往日朝夕成就，毀於一旦，豈非孤陋之人？

「區區壽命，皆受於蒼天。」我說道。

韓甯作別，嘆息而去。頃刻，我也起身，走到廳門，見雨勢已止，遂前去住房，再行思量。

此時已近酉時，我在房內吩咐林惕不必送膳，我欲獨自靜心，林惕唯諾，遂作揖而退。

我入座對案，再展牘而觀，看著一行一行的法律，自問算是切中時弊，並不嚴苛，唯有如此變革，方能給大楚重生之機。

我不能退讓，也不必寬容，因循不決會引禍而至。明日，便攜帶憲令，用脂白玉珮，直入王宮拜見王，為新法開出一條活路。

主意已定，我將憲令捲起，加蓋官印，以細繩綑上斗檢封之，藏入懷裡，深怕覆轍重蹈，又將蒙受其害。

這時，有人叩門，說道：「左徒？」

這聲音是曹筑。

我將案面稍整，回道：「何事？」

門戶開後，曹筑緩步而入，只見她一身墨黑輕裝，頭著黑色巾幘，神色凝重。

我心知有變，仍鎮靜以對，說道：「何故如此著裝？」

「來與左徒作別。」

曹筑莞爾，走至案前就坐。

「妳找到想去的地方？」我問。

「其實我一直有地方可去，也無處可歸。」

「我不明白此話。」

「無妨。左徒從來也沒有明白過我。」

我未回話，只是與曹筑對看。

我何止從未明白過她，就連王，我也是越來越不明白。

「所以，妳的身世爲何？」

「只有曹筑是真的，其餘都是虛假。」

聽到這裡，我總算是明白怎麼回事。

「是受右尹指使？」

只見曹筑搖頭，那麼就是葉公。

「你對於天下，最後還有何話想說？」

我將右手伸入案下，案下有暗篋，爲巧匠所製，內藏陸離之劍；每當外出返回，爲防不測，皆置於此。

「我知道案下有劍，所以右尹來時，我已取走。」曹筑說道。

我手正好入篋，確實空無一物。

曹筑起身，走到左方一個箱篋前，取出陸離，抽劍出鞘，再朝我走來。

我看著自己的劍指著我，完全沒有想過事情會變化至此。

「你的名分是左徒，爲國盡忠；我的名分是刺客，取人性命。」曹筑頷首，「在此結束。」

我也頷首，振衣說道：「你可動手。」

「你不打算逃走？」

「事已至此，你以爲我能逃走？若我將死在此處，至少得爲自己留下從容。」

「若未許諾，我是很想看你帶著楚國，會走到什麼地方。」

「你去黃泉之下等候。」

忽聞此聲，突然一人，從屏風後疾步而出，持劍刺向曹筑。

來人竟是韓甯。

我尚在驚惶，韓甯已和曹筑交鋒，兩人手起劍落處，皆是火光迸濺。

曹筑身法雖然不凡，但韓甯畢竟久經沙場，且勇武過人，頃刻之間，便將曹筑不斷逼退，只能稍微反擊。

「左徒，我倒是沒想過，你還留下這一手。」曹筑不停閃避，「看來你也不是沒有警覺。」

「左徒並不知情，算你不巧遇到我。」韓甯回道。

曹筑更不答話，回擊一劍，快步退到門前，伸手推門，門卻絲毫未動，略感驚疑。

韓甯見狀，隨即跟上刺去，說道：「想逃？沒那麼容易，林嚴在外等待。」

這些事情猝然而至，我在一旁瞠目，也說不出話。韓甯竟做出如此縝密的準備，爲了引誘曹筑動手，使我一無所知。

兩人反覆交鋒，曹筑進退無路，被逼到牆前，手中陸離，終於被擊落在地，韓甯劍鋒隨即抵上曹筑咽喉。

「林嚴！進來束縛。」韓甯喊道。

林嚴聞聲而入，以繩將曹筑束縛；韓甯更使她跪坐案前，劍指頸後。

「說，右尹跟葉公有何牽連？」韓甯問道。

「很尋常的內外勾結。」曹筑與我相視。

「你不是早有許多時機，可以下手殺我？」我忍不住問。

「首先，沒有收到指示之前，我不會隨意行動；再來，我倒是想多觀察你，你跟我所見過的王公貴族都不一樣。」

「既然如此，爲何堅決要取左徒性命？」韓甯又問。

「我聽說，受人之託，將其完成是義。我雖刺客，葉公卻以大夫禮節待我，三年未曾怠慢，若我既受其託，卻又違背而去，是爲不忠。今已失敗，死亦固然。」

「如此詭辯，我成全你。」韓甯將曹筑拉起，「左徒，我要把她帶離此處斬斫。」

我沉吟不言，總覺得還有何疑惑，沒有得到答案，但好像，在生死面前，也都不再重要。

「把繩解開，放她走。」我擺手說道。

此話一出，韓甯和林嚴皆驚愕看我，曹筑反而莞爾。

「左徒，何出此言？」韓甯走到案前，「若放她走，必有後患。」

「我也以爲大夫所言甚是。」林嚴說道。

「我一日身居左徒之位，守舊一黨害我之心便不死。」我坦然以對，「現在殺她，終究還會有人來。」

「但也是爲了警告後來之人，莫輕舉妄動。」韓甯答道。

「韓甯，在廳堂時，你作別以前，我對你說過何話？」

「區區壽命，皆受於蒼天。」

我頷首，韓甯只是嘆息，將曹筑身上繩縛解開。

「我還是那句話，天下之大，妳可以自行離去。」我擺手示意。

曹筑拿下巾幘，跪拜在地，抬頭說道：「這次，我是眞的要留下。」

「妳還有何面目待在此處？」韓甯怒道。

「我已行刺殺之事，從此不虧欠葉公，葉公但知我失敗，必將惱怒，再遣人來。」曹筑跪坐，「右尹一定會使人報信。」

「如妳所言，再有刺客，難保像今日有防，左徒性命堪憂。」韓甯回道。

「從今日起，我更加謹愼便是。」我莞爾相對三人，「方才之事，從未發生。」

韓甯將陸離拿起，放於我案上，轉身對曹筑說道：「雖然左徒寬容，但妳記住，若再有不軌，我會直取妳性命。」

「我從第一眼看到你來此處，就知道麻煩。」曹筑回道。

「既已無事，都先回去。現在心煩意亂，我想好好歇息。」我擺手說道。

於是韓甯等人，與我作別而出。

門戶關起以後，我看著案上陸離，劍柄所鑲嵌的玉石，是如此珍貴；而朝廷權勢之人，難道不懂得區別？

我也只能自問，嘆息以對，可惜玉石的光澤，被人掩蔽。

再遇

自曹筑行刺後，我隔日便前往王宮，即使拿出脂白玉珮得以入內，也仍然見不到王，就連逄逸也未曾見過，詢問守衛和僕從，也盡是推說不知。

我只能黯然而歸。

如此又過數日，皆是不見而返。我深感蹉跎，卻又不知如何是好。沒有王命，即使是由我起草，憲令也無法頒布，只能算是無用的簡牘。

日落時分，我獨坐廳堂，忽林惕入內來報，上大夫陳軫來訪。

「快請上大夫來此。」我說道。

「諾。」

須臾，陳軫便至，林惕也倒好茶水，隨即告退。

互相行揖入座後，我便問道：「上大夫來此，有何要事？」

「我今日得知一事，料想左徒必然不知，故來此處。」

「是有關朝廷的事？」

陳軫頷首，喝下茶水，回道：「大王將近一個月不朝，並非無問政事，而是身在章華臺，朝中之事先經由令尹之手，再行裁斷。」

王居然移駕章華臺，且我一無所知？

陳軫見我訝異，繼續說道：「我也是耗資不少金銀，才探聽得知。而大王好像沒有要讓支持憲令的人知道，下令嚴守此事。所以，能夠前去章華臺的朝臣，應當都是守舊一黨的人。」

不聽則已，一聽我的心便像刀割劍刺，王爲了避不見我，潛居章華臺，那麼，我這將近一個月的等候，到底算何用處？

國家大事，原來可以棄若敝屣？難道我看錯王？

「大王，是否將回朝廷？」我問道。

「實是未知。」

「若如此，憲令要等到何時，才能得見天光？」

「等待是目前最好的辦法。」陳軫嘆息一笑，「我因爲支持你，也落得清閒無事。」

「上大夫因我而殃，深感內疚。」

「左徒不必介意，我如此說，是要你明白憲令之事，並非只有你一人在意。」

「在此深謝。」我起身而揖。

陳軫亦起身回揖，說道：「我先告辭，若有何消息，我再來此。」

「相煩上大夫。」

我送陳軫而出，陳軫乘車而去。我一時不知如何排遣愁悶，便走到院落，在水池旁端坐，心卻無法像水面般平靜。

頃刻，天色已暗，林惕於官邸四處點燈，我遂起身振衣，欲返住房，卻見曹筑朝我走來。

「妳已來遲，現在什麼也看不到。」我說道。

「左徒不是也知道，還坐此良久。」

「原來妳都看見。」

「我每日見你，倒覺得你不像當時救我的人，也不像守護憲令的人，你到底在憂慮何事？」

我要告訴曹筑我的心事？她會明白大楚的前途未卜？

王不願見我，即使曹筑不會明白，好像也無妨。

「不如去廳堂共談？」

曹筑頷首，轉身便走，我亦跟隨其後而去。

來到廳堂，林惕點燈便退，我和曹筑入座相對。

我把遭受讒言所害、憲令被竊取洩漏，以及王對我避而不見等事，從頭至尾，述說一遍，是故最後嘆息。

曹筑聽完，先是沉吟不語，隨後才開口：「不如左徒也去章華臺，總該能見到大王。」

我莞爾，事情若能如此容易，我也不用這般苦惱，跟曹筑談論政事，果然是找錯人。但轉一念，其實曹筑也未說錯，這倒是最明白的做法，只是太過冒昧，實不可行。

「左徒，大王度量狹隘，你還不能明白，倒是你眼力不好。」

「大王非人臣所能批判，勿再多言。」

「那是你的大王，又不是我的。」曹筑搖頭，「爲人臣還眞是勞心。」

我聞此言，也是搖頭，這曹筑怎麼與行刺時，差異如此之大？不過內心仍是感激，將煩懣的事情細述而出，確實有痛快一點。

「左徒。」

「何事？」我發現曹筑神色有異。

「陸離在何處？」

我感到疑惑，爲何突然問及陸離？難道現在又將有血光之事？但我在曹筑行刺之後，便決定日後都會相信她。

「在我住房。」

「是把好劍，願再一觀。」

我頷首，遂起身與曹筑離開廳堂，朝住房走去，不知何故，曹筑引我盡往燈下行走。入內以後，於案前對坐，我正想從暗篋取劍，曹筑卻搖頭示意不必。

「別動。」曹筑輕聲。

我遂停手，一時之間卻也不知該說何話，就如此和曹筑沉默。

忽有推門之狀，我往門戶看去，只見來人一身墨黑輕裝，頭著黑色巾幘，與曹筑行刺時一樣；不同的是，來人半蒙面，手中持劍。

「原以爲妳行刺失敗，應是不會活著，沒想到還得全性命。」來人走到曹筑背後，「看來左徒心不夠狠。」

「一樣是受葉公指使？」我問道。

「我不知道。」來人抽劍出鞘，「但知道今日有人將成劍下亡魂。」

事竟如此，我心中驚惶，韓甯午後便告訴我有人前來官邸，要他急去乘廣一回，目前是不能指望他來；但此刻交鋒，陸離只有一把，曹筑又不許我動，若由她持劍，能否打勝來人？

「無用之言，就少說。」曹筑從暗篋取劍，迅速起身，轉向朝來人揮去，「就刺客來說，你的話太多。」

來人像是未料曹筑竟在眨眼之間，取劍攻他，險些腳步不穩，但仍是避開攻擊，擺好態勢。

「我已行刺，無論事成與否，都不虧欠葉公，這是葉公允諾過的事。」曹筑抽劍，將劍鞘放於地上，「現在，我會保護左徒。」

「區區私情，別阻礙。」

曹筑也不答話，快步與來人交鋒。互攻十餘回後，我發覺兩人出劍十分相似，皆以退為進，虛避實刺，都是順應逆勢之劍，與韓甯大不相同。

但來人逐漸掌握攻勢，曹筑雖不像與韓甯那般苦戰，卻也鮮見可攻之機。

兩人正戰之間，曹筑忽將一處華燈用滅，室內遂暗不少，接著又聞物品掉落之聲，更聞劍身交擊，來人忽喊一聲，待我起身看時，已頹然在地——陸離刺進身內，地上有一把匕首，想來應是曹筑所擲。

我引火將熄滅的華燈點燃，只見來人還想抵抗，曹筑將他腳邊的劍，踢去一旁，又把陸離刺入更深，來人只能怒視，卻毫無辦法。

「你要活還是死，看你如何回答。」曹筑看著來人，「到底是不是葉公？」

「妳早已明白，卻還要我說出答案？」

來人大笑起來，雙手握著陸離，挺身將劍身完全刺入，從後透出，而血，也流淌滿地。

雖然，我少年時，曾隨父親去過戰場，知道交戰是怎麼回事，知道生死只是眨眼，當然也看過人死亡時的模樣——眼前如此還算是好的情形。只是那樣猛烈的黑暗，我到現在還是很難遺忘，那是相當難受的感覺。

因此我厭惡戰爭。無論勝負，戰爭會使每個人什麼也沒有，只會得到失去。

「他已死去。」曹筑緩慢地將陸離抽出，放在一旁，「如何處理？」

「我欲知他是何人。」我走過去，低身看著來人。

「是許登。」

曹筑答完，揭開來人蒙面，果真如此。

「爲何妳會知道？」

「我流落方城這三年，葉公有心將我訓練成刺客，爲他所用。我的劍法，就是跟許登學來的。」

「難怪妳和他出手如此相似。」我恍然回道。

曹筑走去將匕首撿起，說道：「不過這匕首，是我自己學的。」

「爲何妳與韓甯交鋒，沒有用過？」

「韓甯沒有給我出手的餘地，他像是識破我所有的舉動，比許登高強甚多。」

我頷首以對，正尋思間，韓甯和林嚴推門而入；一見許登在地，神色皆是驚愕。

「爲何方城左大夫在此，而且已死？」韓甯說道。

「我殺的，他是第二位刺客。」曹筑答道。

我將曹筑與許登交鋒之事，細述一遍，以及正在尋思該如何處理。

韓甯沉吟一會，說道：「直接於朝廷稟告大王。」

「你是想讓大王知道封君之害，無禮之至。」我明白韓甯的用意。

「群臣知道封君名下大夫，到王都行刺殺之事，會如何想？大王又會如何想？」

「但大王不在朝廷，只在章華臺，且不願見我。」

「我被召回乘廣，是爲了宮中守衛分布之事，大王明日就會回來。」

爲了憲令，我亟欲見王，但聽聞王將回朝廷，還是覺得相當突然。

韓甯見我頷首，繼續說道：「那麼許登之事，及其死屍，由我帶走，連夜前去稟告左尹。」

雖然景蘊並不是願意支持我的人，但爲今之計，也只有如此最好。

「有勞。」我回道。

韓甯和林嚴騎馬離開，我與曹筑在住房外等候。

曹筑坐在地上，好像只想沉默，我也不便驚擾，就站於一旁。

經過良久，韓甯和林嚴入內，說去驛傳駕馭一輛牛車回來，接著便將許登屍身抬出於外，往左尹官邸而去，林惕隨即進入住房，將地上血跡清除後，也洗拭陸離劍身。

「原本會死的是我。」曹筑突然說道。

「你不是找到機會打贏？」我感到不解。

「我最後一劍，許登可以躲開，但他沒有，反而衝我而來。」

「爲何如此？」

曹筑搖頭，說道：「以後，只要你在官邸，除了住房外，我都會以僕從名分，就近保護你。」

「妳並不需要如此。」我擺手答道。

「不只是因爲你，還有許登，我覺得我虧欠太多人情。我想，我應該也可以做些何事。」

「也好。」

這時，林愓將陸離捧來，我接過後，便吩咐他退下。

「妳救我一命。陸離，就交給你。」我伸手拿給曹筑。

「你忘記我曾經要殺你？」曹筑推辭不受，「這不會是我的劍。我會自己去找劍來用。」

曹筑說完，便往客房走去。

我拿著陸離，劍身分明輕巧，但此刻只覺得沉重；我未動手殺人，許登卻因爲此劍而死——這是非過錯，到底如何看得明白？

我抬頭望著夜空，只見群星隱晦。

漣漪

王一回到王宮，便召集群臣議事。我一收到王命，便立刻吩咐林嚴備車，啓程前往朝廷。將近一個月未曾與王議事，走在通向朝廷的石階，我的心如同日陽，明朗非常；我此刻所想，莫過袖中那夜以繼日而完成的憲令，今日終於得以見王。

踏入朝廷，盡是久未見到的群臣，雖然當中大多並非支持憲令，但我還是對眼前景況感到欣慰，好像只有這樣，我才覺得自己確切活著。

這一個月的生活，發生太多事情，不但從前未曾想過，往後也不願再遇到，實在是費心至極。我振衣後，隨即入列。頃刻王至，後頭跟著逄逸；逄逸經過我時，微微頷首。

王入位坐定，掃視群臣，說道：「看來都已來到。」

我和群臣同時對王深揖，以表尊崇。

「景蘊，你說昨夜發生何事。」王擺手說道。

「諾。」

景蘊聞言出列，說道：「昨夜接到乘廣之人稟告，言葉公左大夫進入王都，行刺左徒未成，已遭左徒名下侍衛斫殺。經臣連夜明辨，確有此事，刺客實爲葉公左大夫許登。」

景蘊說完，我略微環顧，但見群臣議論紛紛，皆是驚慌之色。

「沈穎馥壞法亂紀，寡人絕不輕饒。」王神情嚴正，「屈匄！你前往宛城，領三萬軍，一日進發方城，拘執沈穎馥回郢都；若膽敢不從而相拒，城破以後，梟其宗族，將所屬仕宦帶回，城內劫空，以賞士卒。」

屈匄遲疑，但仍然作揖回道：「臣領命。」

未遣使而談，就要直接發兵？而且還要劫掠烝民，王是否過於輕率？

我聞言，出列說道：「大王，刺客之舉，在於葉公一人之惡。貿然使上將軍領軍前往，是以勢逼其危，葉公必然自救，而與大軍交戰。還有，烝民無辜，大王斷不可如此下令。」

「寡人倒要看明白，封君如何坐大？郢都之上，是否還存王法！」

看著王怒形於色，深知再勸諫下去也是無用，我遂入列。

這時，景蘊忽然說道：「今日有如此不法之行，臣以爲，實是憲令所招致。」

我轉頭看著景蘊，竟然選在此時抨擊憲令？

昭般也出列說道：「憲令應當從長計議，朝廷才不會橫生動亂，國家方能安定。」

憲令拖延至今，果然會如此發展——守舊一黨聯合起來質責，要讓王轉意回心。

是否在這將近一個月的時間裡，守舊一黨已經形成上風之勢？我面對此刻，只能勞而無功？

我深怪自己警覺太淺，早該發現王當時避而不見，就有異常，當下應當使人探聽情況，而非堅信對王的了解，以致本身的判斷，發生嚴重的差錯。

即使事已至此，我也要保護我的理想。

「大王。」我亦出列，從袖中取出簡牘，「經過重複起草，憲令正本在此，祈請一觀。」

「傳於寡人。」王擺手說道。

逄逸隨即走來取過簡牘，放於王案前展閱。

良久，王掩牘沉吟。

「寡人看完憲令，醫時救弊，深感警惕，但終究國之大事，貿然而動，恐非長久之計，亦對大楚國祚有損。」王看著我說道。

「大王，憲令一日不立，大楚之弊便一日不除；如此待日累月，國家何有強盛之時？還望大王克日即行。」我深揖回道。

王沉默不語，卻也沒有要反駁我的意思。

「左徒，聽你論事，將大王說成不似人君，何不退讓以明禮？」子蘭出列，看著王，「大王，臣以為，與其相持不決，不如待葉公一事明斷之後，再行商議。」

「便依子蘭之言。」王擺手，環顧群臣，「今日議論就到此，散朝。」

我又被迫承受，這般苦痛的結果——為何王要如此待我？是我不夠盡心？那守舊一黨又為國做出何事？王何以言聽計從？

事過幾回，我依然不明白，縱使我想問清楚，也不會有人回答我；能夠給我答覆的王，卻是讓這一切傷害繼續發生的人。

我與群臣退出朝廷，獨行踽踽，走完石階，我看見屈匄在前頭，準備登車，便快步而去。

「上將軍。」我來到車旁。

屈匄停下腳步，轉身看我，回道：「左徒，何事？」

「你去方城，若不得已而交戰，以宛城軍之驍悍，葉公不會有得勝的可能，戰後雖然要執行王命，但烝民何其無辜，還請下令士卒善待，勿使驚擾。」

「你何須憂慮？我本就打算如此。」屈匄頷首，「即使憲令還未確立，我也有心將指揮的楚軍加以改變，訓練新的紀律。再說，罪在葉公，並不能渺視治下烝民仍是楚人，身爲王之信臣，首先要務，便是不能讓大王失去民心。」

「如此甚好，我寬心許多。」

「左徒、上將軍，在商議何事？」靳尙從後走來，「不會又是憲令？」

「祝願上將軍剋期而還。」我作揖示意，「就此別離。」

屈匄會意，正眼也不看靳尙，便返身離開，乘上馬車而去。

靳尙眼看馬車絕塵遠去，笑著說道：「上將軍行何太速？」

「但大夫也非要找上將軍。」我答道。

「今日，我便是來確認。」靳尙走到我身旁，「經過多方告語之後，大王的選擇。」

「所以，是你籌劃這一切對憲令的中傷？」

「我職位卑微，雖然受祿於大夫，但也只能欽羨左徒，朝中皆敵。」

「不論你的背後是左尹、右尹，或是令尹，都不要以爲，我會因此放棄憲令。」

「左徒此言差矣。」靳尙又笑著，「我從未看輕你的才能，而是想看看，如此固執的你，還能再走多遠。」

聽到此話，我才眞正明白，在不在左徒之位，我都會成爲眾人詰責的對象。

「我會走到你無法企及的地方。」

「無妨。左徒準備面對即將到來的事。」

靳尙說完，便快步而去。我轉身看著他的背影，尋思此話用意，莫非朝中又要發生變故？我雖然感到一陣無力，卻也覺得比往常堅決。無論將有何事，我都不會就此退卻。

我乘車而回，才進大門，林惕便言韓甯已在廳內等候，我隨即過去。

韓甯見我入廳到來，便上前說道：「左徒今日前去朝議，可有異常？」

「還能有何異常？」我嘆氣而對，「我雖已將憲令交付大王，卻一如所料，遭到守舊一黨的群起反對；若這樣發展下去，新法看來是要遭到冷淡。」

「大王如何說？」

「大王對此原本沉默，後聽令尹之言，欲待葉公之事告終，再行商議。」

韓甯也嘆氣，回道：「如此任意而為，新法將遙不可期。」

「我與你有同感。」

「難道，守舊一黨的勢力，眞的無法制止？」

「憲令一旦頒布，便能大起制衡之效，只是守舊一黨根基早成，一時難以翦滅，從中改革需要更有力的支持，憑藉現在這樣是做不到的。不過今日朝議，大王有下達可稱明確的命令。」

「左徒意指葉公之事？朝廷如何處理？」

「大王命令上將軍領宛城軍拘執葉公回郢，若不從，即征討之；一旦城破，梟其宗族，並帶回所屬仕宦。」

「立刻就要發動大軍過去？」韓甯像是理解何事，「看來大王是要一鼓作氣，開始整頓封君。」

「整頓封君？以軍征討，這不是會逼其反抗？」我相當不解。

「葉公若開城請罪回郢，或有保全宗族的活路，一旦反抗便正落其罪，這是很明顯的事。」

「所言甚是。葉公反或不反，大王都執其兩端，實則強取中間的食田。」我搖頭以對，「葉公之事，尚能稱師出有名，但食田之多，是不行如此各個征討，這樣豈非使大楚深陷內亂？」

「願大王有發覺這一點。」

「大王連要動用哪裡的武力，都對上將軍指示明白，看來不像是匆促決定，也許在朝議之前，就已通盤考量。」

「或許這樣也好，畢竟你身爲大王所命之官，竟於王都遭到行刺，實在是過分侮辱大王的威望。」

其實我也不知道，王是因爲身在左徒的我，而急令發兵？還是因爲維護自己的尊嚴，才大動干戈？這兩者，互有關聯，也都沒有關聯。更有可能，或許是我太高估自己。

「只能靜待上將軍的報命。」

韓甯頷首，說道：「眼前也唯有如此。」

我在廳堂尋思一會，決定回住房展牘而觀，處理政務，於是便與韓甯作別。

我步出廳堂，行經院落，又見曹筑於此默坐，便走過去。

曹筑知我到來，回頭繼續看著平靜的水面，說道：「左徒，你的天下，漣漪還沒休止。」

我站在曹筑身旁，也看著水面，回道：「我想知道，這天下，到底是爲了什麼而存在？」

「爲自己而存在。」

「所以你的意思是，只要按照自己的想法就好？」

「那是我的答案。對你而言，我覺得這是一個很難解答的困惑。」

「也許，長路漫漫，走得夠遠，我也能看清水面下有何意義。」

曹筑笑而不語。或許，對她來說，只有眼前的事情，才是最重要的；假使我不必擔憂朝政，應該也會和她一樣，專注在自己的生活。

只是，那並不是我的命運，將來也不會是。

正在尋思之際，有風拂過，而我們都同時看見，水面微微漣漪。

張儀

屈匄離開王都數日之後，很快便有軍情傳回。據聞屈匄遵從王命，領宛城軍前去方城，不期沈穎馥引軍而出，兩軍遂戰於郊野。屈匄畢竟常經沙場，且威名在外，更兼宛城軍驍勇；方城軍相比之下，顯然承平已久，雖軍士較眾，卻被打得土崩瓦解。不到半日，沈穎馥便棄軍逃亡，與親信投穆陵而去。

屈匄招降餘眾，引軍入城，安撫烝民，嚴禁軍士劫掠，隨後盡梟沈穎馥宗族，拘執所屬仕宦，皆帶回王都發落。

屈匄回郢覆命以後，忽報穆陵守將遣使，將沈穎馥等人縛還。景蘊雖然欲聞沈穎馥申說，但其喉舌竟遭破壞，且雙臂皆廢——餘眾亦然，景蘊無可奈何，將實情稟告於王，但王並未深究，只命景蘊將沈穎馥一黨，當日梟首，送回方城示眾，且遣昭氏之人出任守將。

沈穎馥一事，便以此告終。

我沒有因爲一個封君的傾崩而感到激勵，相反地，我覺得這當中太多惡濁，卻不能容我澄清，更有感於憲令之立，深爲緊迫。

某日，一如往常夙興，起身同時也看見林惕走進房內，端來一盤乾淨的水放在案上，供我梳洗之用。我走到案旁坐下，紮起頭髮，掬起一把清水洗臉。

「左徒，謁者剛才前來傳達王命。」林惕遞來布巾。

「謁者來此？等下不是就要朝議？」我一邊擦臉，一邊疑惑，「謁者有何言辭？」

「謁者說，大王下令群臣都要參加今日的朝議，否則以罪論之。」

我頷首不言，雖然頗不尋常，但我還是用過膳食，換上朝服，在腰際佩好劍，繫好玉組，走出官邸，乘上馬車，往朝廷而去。

來到朝廷，我踏上石階而行，快到階頂，就看見子蘭和靳尚正在門外低聲私語，雖然不知道他們在說何事，但那情景讓我只覺得厭惡。

我快接近他們時，他們就停止談話，互看一眼，轉身走進朝廷，我感到些許不對，也加緊腳步跟著走入。

入內後放眼望去，群臣已到一半，再往前看，只見王神情嚴肅坐在位上，看到我的出現，便說道：「不用再等其他人。靳尚，你去帶他來。」

「諾。」靳尚隨即退出朝廷。

我入列後不久，靳尚身後跟著一個男人，神色自若，一襲黑色的官袍，給人一種肅殺的感覺，跟著靳尚走到朝廷中央。

靳尚行揖，說道：「大王，秦相張儀來到。」

張儀？我觀察眼前此人，他便是鬼谷先生的門徒？聽說最初仕於魏國，又投過大楚門下，後來出走入秦，憑著無往不利的口才，當上秦相。原來他今日權代秦國使楚，以致王如此慎重其事。

「小臣張儀拜見大王。」張儀語調清朗，作揖施禮。

「秦王遣你來此，想必事情非同小可。」王微微頷首，「有何話語，你就直說。」

張儀先是環顧群臣，然後說道：「小臣今天出使於此，長話短說。當今天下大勢，眾人皆知：有秦則無楚，有楚則無秦。但兩個泱泱大國，何必要爲了其他五國而兩敗俱傷？且說齊國居心叵測，與楚國結盟想來也是貪圖自身利益。大王可聽小臣一言：假使楚國與齊決裂，而與秦國友好，臣將雙手獻上商於一帶六百里的地圖，讓這片廣闊的土地成爲楚國的版圖。如此，齊國國力上便處於弱勢，再者可以和秦國結好，大王又能得到土地，這可是一計而三利的謀略，聰明的人，不會放過如此良機。」

我看著王，顯然已深感動心，莞爾以對。

這時，靳尙跟著說道：「誠如秦相所言，大王與齊斷交，如此一舉，就能得到商於六百里之地，何樂而不爲？」

子蘭也出列，說道：「大王，大夫所言極是。再者，秦國特地遣相爲使，可見確實拿出誠意。」

眼看靳尙和子蘭正在把王推入陷阱，我無法視而不見，聽而不聞，跟著出列，說道：「大王，絕齊結秦，萬萬不可。若如此，不但自毀信義，而且會讓其他諸侯輕蔑大楚，隨時都可能興兵來犯。」

平時跟我交好的陳軫，也出列說道：「大王，臣與左徒持同樣想法。土地尙未到手，卻先跟齊國斷交，楚國完全陷入孤立，秦國就更沒有理由交出商於之地。再說跟齊國決裂，齊國必遣使結秦，如此一來，西方有秦國的憂患，北方有齊國的怨懟，一旦兩國共起大軍，楚國將岌岌可危。」

王一聽，看著張儀，說道：「左徒與上大夫之言，極有道理。張儀……寡人是否該相信你？」

我轉頭看著張儀，似乎已料定王必然有所質疑，只見他笑著答道：「要聯合秦國的人，在於大王；要屏絕秦國的人，也在於大王。孰是孰非，小臣不過一個傳信之人，只恭候大王明斷。」

「好，寡人就成全你的使命，大楚與秦國結盟，並向齊國正式決裂。」

我一聽王越陷越深，顧不上應該穩重的身分，急忙向前數步說道：「大王！爲何執意如此？秦國狡猾多詐，居心叵測，結盟之日發兵偷襲都有可能。況且，如此將是楚負於齊！」

王見我又勸，甚爲不悅，回道：「不必多言！寡人主意已定，明日在章華臺舉行簽訂盟約一事，散朝。」

我知道此時的王，已經聽不進任何勸諫的話，我只好失望地跟著群臣，退出朝廷。走在人群的最後，不斷尋思，王爲何不能體認我的苦心？

「左徒，請留步。」

我回身一看，是方才搖脣鼓舌，擅生是非的人，張儀。

我不想多說，便直問：「秦相，何事？」

「我們能否找個地方商談？」

「我跟你無話可說，告辭。」

「假使我說，跟楚國有關？」

我心頭一震，不能再讓他繼續傷害大楚。

「請到官邸一敘。」我回道。

於是我和張儀離開朝廷，各自乘著馬車，回到官邸。

踏過門檻，走進院落數步，張儀便訝異說道：「此是左徒住處？」

我環顧四周，眼前一塊塊砥礪正方的石版所鋪成的路，筆直通向赤紅的廳堂，路的兩旁是遍地草芥；在官邸門口的左方，是一水池，池邊種植白芷和澤蘭。除此之外，我的庭院並無興味。

「正是。」我停下腳步，淡然回頭，「覺得無法想像？」

「堂皇的住所看多，」張儀走到我身邊，「再對照此處，別是風趣。」

我伸出左手往前，說道：「請。」

「請。」

走進廳堂，依賓主之禮入座，曹筑領林惕送上茶水，侍立一旁。

張儀瞥觀曹筑，喝下茶水後，說道：「我就明言？」

「久聞秦相學業有成，今日一見名不虛傳。依你的無礙辯才，還需要迴斡言語？」

「不愧是左徒，如此坦率。據我所知，楚國內部分成兩一黨，親秦與親齊。親秦一黨以令尹和大夫靳尚為首，左徒你自然是親齊的一方。」

「大楚內部當前的形勢，如你所言。」

「以長遠的眼光來看，親齊對楚國來說，是最好的選擇。但是你也看見，大王已被我說服。」

「假使你只是要誇耀對於秦國的功績，那麼，恕不多談。」

我冷看張儀，而他一點也不在意。

「跟我合作，我能說服秦王十年不攻於楚。」

「你此話用意，完全不符合秦國戰略。」

「其實，無論楚國選擇親齊或親秦，秦國都處於上風，你沒有勝算。」

「你是個聰明人，我也知道你的狂妄不是沒有根據。可當今天下，秦國最強，齊國最富，楚國最大；一旦與齊聯合，大楚便無後顧之憂，秦國何有上風可佔？」

「左徒，關於你的才智，在列國之士裡，可說是出名的卓越，如今為何只見樹木，不見森林？怎麼以爲就只有楚國內部有鬥爭，別的國家就沒有？」

「你是指齊國。」

「沒錯。接下來我解釋的，若有與你的心思相左，尚祈見諒。」張儀冷笑，「左徒既知楚國內部分親齊、親秦兩黨，想必更應明白身爲三方關係的齊國，內部自然也分親楚、親秦兩黨。楚國要與齊國結盟，齊國未必會答應，再說，眞讓楚齊兩國結盟，齊國位居東海，中間又有韓、魏爲屛障，暫時無懼秦國的威脅；但秦楚交戰，卻是箭在弦上，隨時都可能起衝突，而齊國援軍，又非一朝一夕可達，更未必要發，即令齊國壓下親秦一黨而動兵，恐怕楚國早已大敗，反倒讓齊軍有來無回，虛擲士卒性命……」

面對輕蔑且挑釁的盛氣，我忍不住打斷張儀的話頭，反駁道：「何以斷言大楚與秦國交戰會輸？」

「經歷衛鞅變法後的秦國新軍，訓練嚴整，絕不是衰頹已久的楚國，所帶領的軍隊可以抗衡。你也知道，秦國連年來對外的戰爭，勝多敗少，敗績大多是敗在聯軍的手裡，更足以說明，秦楚一旦交戰，楚國極有可能敗亡的道理。」張儀話鋒一轉，「你別想說我不了解楚國，我也曾在上柱國昭陽的門下寄居。楚國的政治黑暗腐敗，我雖不敢說明白十之八九，但也略知一二。」

「巧言舌辯，確是能言之士。」我突然覺得眼前的張儀，比靳尚還可怕。

「不才如我，想到什麼就說什麼，這也是爲了楚國。」

「爲我楚國……你就直言，你要跟我談什麼合作？」

「雖然此時大王結秦之心已決，但我想日後一旦秦國有可趁之機，大王也不會坐視不管。假使眞的出現這種局面，你要說服大王按兵不動。」

「你要我漠視自己的立場。」

「我知道你深恨秦國。但你可以利用秦國不犯於楚的機會，實行變法，讓楚國有能力擴張疆域，匹敵秦國；還是你要讓楚國，在十年之內滅亡，連抗衡的機會都沒有？」

「倘若這十年，除楚國外，其他五國都爲秦所滅，楚國是獨木難支，更遑論秦國挾六國之勢對楚，縱我大楚變法已成，也無力回天。」我拂袖起身，背對張儀，「送客。」

林愓隨即取走案上的茶水，同時頷首對張儀道：「請。」

「看來交易不成，無妨。」張儀也起身，走到我面前作揖，「左徒，我從一開始，就知道不可能說服你，但我已達到目的。」

「此言何意？」張儀果然有別的圖謀，但我卻猜不著。

「明日你就會知道，告辭。」

張儀語畢，轉身便走，看著他走出門外，對於他明日又有什麼行動，不禁擔心。

「左徒。」曹筑走到我身旁，「你可無事？」

我搖頭，只能苦笑，回道：「我想告訴妳無妨，但是，我做不到。」

「從剛才情形看來，這名聞海內的秦相張儀，不過是個有著三寸之舌的人。」

「但，就是這一片小小的舌頭，正在橫行天下……」

失落

今天，依昨日在朝廷之議，是大楚跟秦國簽訂盟約的日子，王要在章華臺再次接受張儀的謁見——接受張儀那抹假笑裡，充滿離間的盟約。

但無論如何，身爲左徒，在此事還沒正式落定之前，我都不能放棄讓王回心的任何可能。趁著定盟的時辰未到，我決定前往宮中，再次勸說王。我想，只要說之以理，動之以情，王不至於完全聽不進我說的話。

畢竟我身上，還被王賦予著起草憲令的重責，這樣攸關大楚未來的事情，足見他對我的信賴，是不會那麼容易就動搖。

來到王宮，請侍立門外的逄逸通報後，我便走進，準備從形勢上解說；但踏入宮內，我才驚覺到，坐在我眼前的，好像已不是當時喜形於色，對我說著「寡人的大楚，與你力圖昌盛」的王。

「入座，寡人有話問你。」

王擺手示意逄逸退出，關上門戶。

我行禮之後，入座問道：「大王，發生何事？」

「屈平，聽說你昨日退朝之後，邀張儀至你官邸，可有此事？」

「確實如此。」

「你和張儀共談何事？」

「是張儀先對臣說有事相商，豈知他只是要說服臣和秦國合作，被臣嚴詞回絕。」我自認坦然，「臣認爲今日在章華臺一事……」

我話說到一半，王就打斷我，回道：「此言爲眞？」

我感到納悶，王認爲我說的是訛言？

「臣不解，大王爲何如此想。」

「你不是最明白？張儀告訴寡人，你向他索取要進獻的玉璧後，隨即拋入池中，並揚言楚國和秦國的關係，斷於此璧。」

「玉璧？和鞏固大楚的江山相比，臣何須區區玉璧？而且，此事根本不存在。」我沒想到，王會如此輕易誤中離間，「大王是否已不相信臣？」

「寡人不是不信。但是，你也不要對寡人有所欺瞞。」

聽見王如此說，我的心彷彿被箭貫穿，毫無挽救的那種痛苦。

「臣何敢欺矇大王。」

王起身，走到我身旁，微微轉頭看我，說道：「寡人該去章華臺。」

「大王留步。」

我也跟著起身，擋在王面前，直視著他。

王像是明白我的用意，直視我的雙眼，冷淡說道：「在章華臺跟秦國的結盟，勢在必行。」

「秦國不會平白給人利益，張儀其心可議。爲了大楚，這盟約絕不可以答應。」

「這是寡人的國家。」

這時，門被推開，逢逸走來，對王說道：「稟告大王，去搜索的士卒，在左徒官邸的水池中……發現玉璧的碎片。」

雖然錯愕，但我還是很快理出端緒，不禁冷笑。

原來，昨日張儀有意來到官邸，就是爲了要如此陷害我，趁我們在談話之時，暗中遣人做出那樣的布置？

王一臉不悅，說道：「你可有話要說？」

我略微一頓，搖頭以對。

「你以後……不准再踏進這裡一步。」

王說完，淡然看我。那眼神，像雪一樣凍人。接著，快步從我身邊經過。

我很想攔阻王，但卻沒有這麼做。因爲我知道，我此刻不可能留下王。

我轉身，看著王離宮而去的背影，覺得自己應該跟著走一趟章華臺。哪怕這一切，都已經於事無補。

「左徒。」逢逸開口，「你還是別去。」

「連你也明白？」

我不知道逢逸是看穿我的意圖，還是明白王的心境。或是，兩者都有。

「大王正在盛怒，你是最清楚不過的人。」

「難道你要勸我置之不理？」

我走到逢逸身旁，停下。

「我只是卑微的僕從，不敢對左徒提出什麼建議。只是……請你爲了楚國，要選擇忍耐。」

「我知道。只是身爲左徒的職責，面對攸關大楚未來的盟約，我無法不在場。」

「是我多話。」

我並未回應，沉思良久，跨過門檻，仍然決定追隨王的腳步，前往章華臺。

在王宮大門外，乘上馬車，離開王都，往東邊而去。在路途，我一邊看著於田野間耕作的烝民，一邊想起章華臺的來歷。

從前靈王大興土木，建章華宮，動用八萬之眾，耗時六年完竣。宮中矗立一座臺榭，巍然十仞之高，以望四方，更矜誇爲天下第一臺。只是如此浩大的離宮，帶給烝民的負荷，以及國勢的消耗，也是非常沉重。王有意選在章華臺決定盟約，是否在走上靈王敗德的舊路？

我不能，完全不能放任王如此愚陋。

我越是如此意會，越是想阻止，更對過往那個有著無比壯志的王，充滿想念。

經過半個時辰，終於來到章華臺。走下馬車，環顧四周，看著其餘官員乘車陸續來到，我端整衣冠——其實，我大可不必來這裡，我來何爲？畢竟事情演變至此，任我職權再大，也已經沒有我開口的餘地。

我知道，我是因爲王而來；想要離去，也是因爲他。

「左徒，我沒有想到你會在此地。」

一個聲音自我右方傳來。

我轉頭一看，是陳軫，便行揖說道：「上大夫，我身爲大楚之臣，如何不來？」

陳軫走到我面前，搖頭說道：「只是，這一局棋，張儀得勝。」

「在弈者的眼裡，我們都是局外之人。」我苦笑回道。

「話雖如此，還是要成爲大王之白子。」

我頷首，和陳軫一起走進寬敞的紫貝路，前往章華宮。提起這紫貝路，據說當年工匠們也是匠心別出，從越國用重金換入無數紫貝，平鋪在規劃好的路徑上，以箭頭前鋒的樣式層層排列，彷彿在替來者指引前路，不致單調；而靈王觀之，更是大悅不已，快意下令美稱「龍鱗道」，同時也限制士卒和宮女不准行走，只能從兩旁快步而過，此道爲王公大臣所用。

走過紫貝路，來到登臺的石階，拾級而上。

行走一段高度，陳軫突然搖頭，停下腳步，抹去額上的些許汗水。

「如何？」我亦跟著。

「所幸大王沒有喜愛細腰。這綿長的石階，連我的身子都快承受不起，更何況曾經折傷於此的無數宮女。」

「因此在位的君王，能否用心朝政，是很重要的事。像靈王如此落人口實，確是大楚之羞。」

「此話可別再說，對你沒有益處。」

陳軫凝重回頭，看見身後的人，與我們還有一大段距離，神色才稍微放心。

「既然被史官所載，後世有議論，也是固然之事。」

「我明白你一心爲國。」陳軫繼續前行，「但今日身爲人臣，還是要知道何話可說，何話不言。有太多的事，不是能夠公開議論的。」

「我不明白，如此顧忌，人臣無法正直發言，能讓國家變好？」我跟上步履。

「政治，就是一團你即使是風，也不能看清楚的迷霧。」

我默然，看著遠處的頂端，記下此話。

這是一個國家存在後的必然？

我不知道，也只能一階一階，接近陳軫所說的迷霧。

來到頂端，放眼望去，已有不少大臣入席。我和陳軫在宮女的帶領下，各自在座位坐定，只不過我剛坐下，才一凝神，就看到對面有人朝我走來。

正是張儀。

我冷冷注視張儀，希望他能自知。

張儀走到我面前，作揖說道：「左徒，是否收到玉璧之饋？」

我並未回答。

張儀見我如此，繼續說道：「若非如此，計策就存在失敗的一絲可能。我不會讓這種事發生。」

我輕視回道：「我不是來聽你解釋。」

「你是來接受自己的無能。」

張儀說完，冷笑一聲，轉身走去座位。

無能？真是事實。在大楚位居左徒的我，居然說服不了君王。此時只能眼看敵國的相國，把大楚玩弄於股掌之間。

我不得不承認，張儀洞察人心的能力非常，也是他只憑藉口才，就能出入列國的最大原因。

就在我尋思對策的時候，我看見王從右方出現。

王一路走來，經過我的座位，看我一眼，欲言又止，隨即前往主位坐定。

「今日，在這章華臺，寡人宣布：大楚將與秦國信誓，永結盟好。」王看往張儀，「希望秦國承諾之事，不會食言。」

張儀聞言，立刻答道：「大王多慮。小民之間交往，尚且守信；何況兩個大國的會盟，更是要言出必行，否則只會讓其餘諸侯訕笑。」

「寡人相信你。」

「深謝大王。」

「左右，把盟約和起誓之物送上。」

王一聲令下，就有兩名僕從立刻出列，在王和張儀面前的案上，緩緩展開簡牘，同時也有四名力士，牽來一匹準備行歃血之用的白馬。

所謂歃血，是把牲畜的血，抹在嘴脣上，代表進喉入肚，人神共鑑，永不反悔。除了這層意義，不同身分所用的牲畜，也有應當的法度。天子用牛、馬血，諸侯用狗、豬血，其餘大臣以下用雞血。如今周室已然式微，默認諸侯稱王號令一方，因此用馬血不過是自然之事。

那白馬體態豐盈，毛色光潔，不見一絲桀傲之氣，看來性情溫馴，儼然適合作為犧牲。只是如此處境，讓我覺得白馬跟張儀眼中的大楚，極為相似。

這時，一名力士舉起斧鉞，斬開白馬的頸部，白馬長聲嘶鳴，就要傾倒，其餘三名力士扶住白馬，隨即走來一名僕從，捧著銅盤，盛接涓涓落下的血。

看著白馬死去，歃血也要進入最後一步。我終究還是選擇起身，拱手說道：「大王，臣認為同盟一事，實在需要從長計議。」

「寡人說過，這事已成定局。」王語帶不悅。

坐在張儀附近的陳軫，也起身，說道：「大王，左徒之言，也是耿耿爲國。不如先留秦相，另外遣使入秦，交割商於之地後，再行同盟未遲。」

「上大夫，你在秦國的時候，處處和我競爭，無非是爲了我現在能夠坐在這裡的身分。但你落敗，證明你的智謀不及我。」張儀看著王，「如今你我在楚國相遇，你怎敢厚顏在我面前建議大王？大王賢明，自然不會被你的巧言所惑。」

陳軫走到張儀座前，說道：「你此舉不過詭辯之言，僞裝秦國想要進犯的野心。」

「秦國只有想要跟楚國友好的眞心，沒有野心這回事。交讓商於之地，就是最大的誠意。」張儀回頭看著陳軫。

聽到這裡，王終於打斷兩人的言辭鋒利，說道：「都已經要起誓同盟，寡人的決心，難道還不明確？」

陳軫也不再爭論，對王作揖說道：「既然如此，臣只希望秦相不會欺謾大王。」

只見張儀冷笑。

那一抹笑，總是深沉，像一把可以輕易劃開一切有形之物的利刃。若對人心，更是足以致命。

至此，我才認清，已成定局，也沒有繼續待在此處的原因。

於是我離開座位，走到中央，對著王說道：「大王決定和秦國交好，臣萬萬不能理解。因此就不參與歃血，先行告退。」

這時王已歃血完畢，還沒回答，張儀便接過話頭：「左徒是楚國重要之人，楚秦兩國同盟此等大事，怎麼可以不在場？我可是擔心大王威嚴盡失。」

「這違背我的立場。」我轉頭看著張儀。

「難道，大王的立場就不是立場？」張儀招來捧著銅盤的僕從，「還是請左徒爲這個盟約，替楚國盡責。」

我默然回頭，只見僕從恭敬地走到面前。

「左徒。」僕從低頭捧上銅盤。

我知道我無法就此退讓。

我看著不遠處旁觀的王，突然感到心頭一恨，伸出左手，打翻銅盤，鮮血潑灑而出，一部分沾染僕從衣物，更多的血則是隨著銅盤墜落地面，鏗鏗作響。

我察覺得到，在章華宮的所有人，全都不可置信地看著我。

尤其是張儀，我看著他，他的神情，應是沒有料到我會如此倔強。

而王好像沒有多大訝異，只是凝視我，說道：「屈平。」

「大王有何上命？」

「你先退下。」

「臣不識大局，請大王降罪，以正國法。」

事已至此，無論是去官罷職，或是負刑下獄，我都會坦然接受。

失去王對自己的信任，再失去何物，好像都無關緊要。我的念頭如此懦弱，只是想逃避這一切。

「寡人就是王法，寡人命令你回去。」

王說完，長長吐出一口氣，像是要把抑鬱在心中的所有不快給吐光，然後拿起羽觴，一飲而盡。

我沒有再答話，對王作揖之後，轉身離去。

走下石階沒多久，背後傳來屬於宴會的音律。我回頭看著頂端，卻是什麼也看不見，明明上空陽光和煦。

那裡，果然是一團迷霧。

絕盟

自從王在章華臺定下盟約後，爲了接收商於之地，便遣裨將軍逢侯丑跟張儀回秦國，已經一個月。這期間的朝議，我都託病不出，原因其一是對歃血之事心存愧疚，二是對王的想法不能諒解，而王也不曾遣人來問，於是我就更加躲避。

大楚與秦國從來就勢不兩立，再說父親在對秦的戰爭中喪命，這使我不可能與秦國相處，這是天命，也是我的必然。

如此閑居，不過問任何政事，就連旁觀的曹筑都覺得太甚，多次對我表示如此行爲，完全不像是擔當楚國重責的左徒，避而不見，反倒是在助長守舊一黨的氣焰。

我總是一笑置之。

我覺得前去朝議，盡心的建議沒被採納，倒也無妨，在一旁看著王重用子蘭和靳尙，那才是更助長守舊一黨的氣焰，何況還有景氏、昭氏的虎視眈眈。

這天，一如往常，在用過膳食後，我稍微整理案牘，看著未繕寫完的文章，正看之間，忽聞叩門，我喚來人逕行入內——是韓甯來到此處。

「左徒，是否驚擾你？」

「入座，我無事。」我答道。

韓甯坐於案前，說道：「朝中，開始有許多關於左徒的流言。」

我冷笑回道：「議論我者早已超過三人，三人言而成虎，大王何不使衛士拘執我？足知大王心有定見，流言無礙，你也不用在意。」

「大王一時袒護，難保不會旦夕生變。左徒眞要如此閑居下去？」

「你爲我知交，這並非我志願，再如何失意，我仍然會親赴國難。」

「左徒雄心，一如往日，卻何其示弱於朝廷？」

像曹筑一樣的勸告，韓甯看來有些沉抑。或許，我如此眞是落錯棋步。

「你的忠言，我已聽進。我會尋思適當時機，復回朝議。」

「左徒若能如此體察大勢，則楚國幸甚。」

「朝廷有何動靜？」我問道。

「就我所知，朝議仍由令尹倡導，大王決之，內外並無太大異常。但是，大王近日有興師動眾，爲了增益西北駐軍。」

「爲何增援西北駐軍？不是已經與秦國結盟？」

「此情報並不確切，聽說義渠又帶給秦國後方動亂，秦國暫時無暇對外，因此大王有意窺伺函谷關。」

我聞言而嘆，說道：「區區義渠復叛，哪能傷及秦國筋骨？但願大王不要猝然用兵，否則必將有失。」

「我以爲應不至此，若大王意欲強攻，上將軍必會力阻；丹陽一帶的形勢，其知者莫過上將軍。」

韓甯所言甚是，西北駐軍的兵符尚在屈☒手裡，且經營多時，大王再如何執意，還是要聽取屈☒的規諫。

「只怕朝中有人，會讓大王做出錯誤的判斷。守舊一黨進取不足，敗事有餘。」

韓甯頷首，答道：「正是如此，左徒更應該復回朝議，莫使朋黨當道。」

聽聞此言，我默而不答。

其實，我不是很明白韓甯如何看我，他總是將我想成——能夠翻覆波瀾的人，但形勢往往並不是如此。雖然，對於大楚，我曾經以爲可以獨力改變，也朝著那樣的道路前進；但隨著時間的久遠，許多事情的消磨，讓我深切地體認到，政治非我所想純粹，更不必然是是非非，當中其實晦明不分。

可是我仍然感激，即使遭受傾軋，韓甯對於我的選擇，還是給予一心的信任。

這時，曹筑領著逄逸推門而入，走到案前。

不待我開口詢問，逄逸便說明來意：「左徒，大王有要事召集群臣，請即刻前往。」

「是爲了商於的事？」我說道。

「諾。裨將軍已遣人帶回消息。」

聽到這裡，我心裡已猜著幾分，逄侯丑沒有親自回國，那必定是在秦國發生何事。

韓甯對我作揖，我和逄逸遂離房而出。乘車前往朝廷的路上，對這件事，我只有想到一種可能——張儀背約。

但是我也不全然，畢竟打從一開始，我就認爲商於之約只是個陷阱。

只是這張儀精心錯置的陷阱，隱藏何種謀略，我還沒有定論。

抵達朝廷之後，只見王正看簡牘，等待群臣，直到逄逸上前告訴，他才抬頭看我。

「左徒，這一個月，想來相當清靜。」

「臣惶恐。」我微微低頭，避開王的視線。

「無妨。」

我抬起頭，看見王捲起簡牘，將目光移到前方，說道：「今日召集，不爲別的事，正是有關商於之地。跟隨張儀前往秦國的逢侯丑，遣人回國，說秦王全權交由張儀處理，而張儀卻託病不出，於是推延至今。寡人，想知道你們的意見，好作決斷。」

「大王。」子蘭出列，「臣認爲，正是楚國根本沒有與齊國絕盟，尚未取信於秦國，所以秦相這樣的做法，是在提醒楚國。」

「既然如此，如何處理？」

「此事不難。大王可遣一人直至齊國邊境，辱罵齊王，焚其盟約。秦國得知後，必然會實行盟約，交割商於；商於若得，便有利於大軍西進，則楚國霸業可圖。」

我正想反駁，陳軫已然出列：「令尹此話，是在斷送楚國前途，大王絕不可採納。」

「屈平，看法爲何？」王說道。

我略微一頓，隨即回答：「臣也以爲，大王應該接受上大夫的諫言。大王可先遣人去秦國，召裨將軍回國。另外，遣使齊國，與齊王加深友好，彌補兩國關係，順時合力對秦，才是萬全之策。」

「假使照左徒所言，大王將不可能擁有商於之地。」子蘭說道。

「秦國，本來就不可能交出商於之地。」我回道。

群臣正議論之間，靳尙從外而入，領來一人，身穿黑色朝服——看起來像是秦國之使。

「大王。」靳尙深揖，「秦國遣使前來，說明商於之事。」

「秦國的使者？」王看著子蘭，「說。」

「諾。」使者捧著繫好的地圖，「往日秦楚同盟，許以商於，豈料相國返回秦國以後，驟然有恙，未能及時與楚將一同點交土地，心裡甚是不安，深怕大王嗔責秦國無信，命我兼程前來楚國，奉上商於的地圖，更希望大王能夠早日與齊國決裂。」

「盡是推託之辭，把地圖拿給陳軫看。」王回道。

逢逸聞言，上前從使者手中取過地圖，轉交給陳軫。

陳軫解開繫繩，展開地圖，只眨眼之間，就捲起來，還到逢逸手中，面有難色，作揖答道：「大王，臣看其中官印，確實沒有差錯，是商於地圖。」

王聞言，遂慎重說道：「使者，回去告訴張儀，寡人會立刻遣人前去跟齊國決裂。」

「深謝大王，做出明確的決斷，臣回國覆命。」

在靳尚領著使者離開後，我默然不語，有一個念頭想不明白。

光憑張儀，是絕對動不了商於這片廣闊的土地，只是，眞的是秦王授意？再說，商於爲秦國咽喉，大楚相爭已久；此時大楚若得，便能長驅直入秦國腹地，天下可有如此損己利人之事？

因此土地是實，地圖是虛，王爲何不明白這其中的差異？爲何要逕行迷途，一直掉入張儀的陷阱之中？

我正要提出我的質疑，王卻先下令：「子蘭，去傳命給宋遺，要他兼程以行，直至齊國邊境，實行你剛才的建言。」

「是。」子蘭轉頭看我，動身而去。

我勸阻道：「大王，宋遺身爲乘廣之士，固然忠勇，將使命交付給他，絕無差錯。但此行勢必激怒齊王，很可能會失去性命。何況，眞正的敵人是秦國。」

「宋遺最好激怒齊王，這樣秦國就再也沒有理由遲延。」王擺手示意，「屈平，寡人自有主張。今日朝議，到此爲止。」

原本以爲，王在問我意見的時候，仍有可能採納。結果，還是被靳尙和子蘭聯手破壞。

或許，從我在章華臺肆意妄行之後，左徒這個位置，就已經無法再影響王。

我只能離開朝廷，落寞地走完石階，卻看見陳軫站在路旁，抬頭望著天空，若有所思。

「上大夫停留於此，是否對方才的事，心有所憂？」我上前說道。

陳軫轉過頭，答道：「左徒難道不憂慮？」

「上大夫也已見到，商於的地圖，確實交到大王手中。」

「地圖是眞的，消息是假的。」陳軫嘆氣。

「何以見得？」

「爲何不是裨將軍帶領秦國信使回來？再來，還沒出軍接收商於之地以前，所屬城池，仍然牢固地掌握在秦國手中；地圖，不過掩蔽大王耳目。甚至我以爲，這使者，可能是令尹和大夫聯手安排的，目的就是要配合張儀的陰謀。」

「言之有理。」我轉身就走，「我這就回去面見大王。」

「左徒且慢。你還記得『迷霧』？」

聽到問話，我停下腳步，背對陳軫，答道：「記得。」

「等霧散開。」

我沒有繼續往前走，我不知道自己，是不敢一探究竟，還是眞的不明白。
但我此刻給自己的答案，只有旁觀。

去職

王決定跟齊國斷交後，宋遺也兼程到達齊國，很快便有消息傳回大楚：宋遺在穆陵關前痛罵田辟彊，更用一把火燒掉盟約。穆陵守將自是發軍擒捉，宋遺逃亡不久被押回都城臨淄，斬首。田辟彊同時也遣使入秦，互通友好。

只是此刻，在朝廷之上，眾人緘默不語，即使不與王相熟，也能察覺到他的憤慨之氣，曾和他朝夕相處的我，自是不用多言。此時氣氛充滿肅殺，我想每個人的心裡，都在等待王開口。

更遑論從秦國趕回來的逢侯丑，戰戰兢兢立於中央，一言不發。

只見王冷冷地質問道：「說，張儀交代何話？」

眼見逢侯丑雖是將領出身，卻表現出怕事的態度，答道：「張儀說，他願意奉上自己的采邑的土地六里，至於楚國要求的六百里，是……是大王聽錯，秦國土地都是將士血戰而來，絕不可能寸土平白讓人。」

王瞪視逢侯丑，偏頭對子蘭問道：「子蘭，是六里？還是六百里？」

「大王，這……」子蘭猶疑，「應當是六百里。」

「豎子！果真是六百里？」王重拳於案，「屈平！回答寡人！究竟是多少！」

眼看王怒不可遏，我只能應聲答道：「是六百里。」

「逢侯丑，秦國只願意給你多少？張儀鄙夫還有何話？」

「六里。」逢侯丑低頭，「張儀還說，要六百里可以，楚國假使有本事，用大軍來拿。」

「屈匄！」王起身，爲了洩恨，一腳踢翻漆案，「寡人命你爲元帥，逢侯丑爲副將，率十萬楚軍前往丹陽前線，與當地駐軍合流！」

身處我對面的屈匄聞言，立刻出列，作揖答道：「臣受命。」

屈匄一向以受命出征爲榮，他的舉動，在我的意料之中，卻讓我再也待不住，出聲反駁：「大王，現在絕對不是對秦國開戰的時機。」

「秦國欺寡人之甚，何須等待？話說秦國跟韓國，此刻是屬於盟國狀態……」王像是想到何事，做出指示，「景翠！你率五萬楚軍，北上行軍，攻打韓國的雍氏之地，秦國必定會發軍救援，如此一來，就能減輕屈匄進軍時，面對秦國的壓力。」

被點喚的景翠，也出列答道：「諾，臣受命。」

我實在聽不下去王的意氣用事，說道：「大王，非得要進軍的話，光一個秦國，大楚就必須傾國以戰，假使同時對韓國開戰，只會讓輜重方面燋頭爛額！不開戰以待時勢有變，或是全力對秦，請大王只能選擇其一，否則大楚前途堪憂。」

「前途堪憂？屈平，你是說，寡人的大楚，打不贏秦韓兩國？」王冷冷反問。

「必敗無疑。」我直視王。

「左徒眞是毫無鬥志。」靳尙此時出列，看我一眼，「臣推薦乘廣姜遷率隊協助，並爲監軍；姜遷頗曉兵法，定能和屈匄將軍合力破秦。」

「大夫，你到底知不知道秦軍的可怕？」我看著靳尙，壓抑心中的憤慨。

「難道左徒，對楚國的武力沒有信心？」
「大楚將士的勇武，絕不亞於他國。只是當前形勢，同時向秦韓兩國開戰，任誰都明白，是一場毫無勝算的戰爭。請大王收回成命！」
王別過頭去，說道：「屈平，關於寡人的憤懣，張儀的羞辱……你可曾明白！」
「就是因爲明白，這當中需要多大的容忍，臣更不希望大王因爲意氣之爭，而落得昏君的罵名！」
我話語剛落，只見群臣驚疑看我，而王則是面容脹紅，轉頭瞪我良久，才回答道：「意氣之爭？若你如此想……寡人就削去你的左徒！從今以後，你就去擔任三閭大夫！」
剝奪我的左徒，轉任三閭大夫？雖然三閭大夫實際上不是閒職，歷來大楚宗廟之事，都由此官負責處理，但即使身在朝廷，也無法參與政事，非有王命不得過問。王此舉，形同將我逐出朝廷。
「大王……」我感到眼眶一熱，「即使如此，臣還是要阻止。」
「屈平，你可以即刻退朝，寡人不需要你的意見。」
和上次在章華臺時一樣，我聽得出來，王的語氣中，已經容不下我的質疑，哪怕是任何人的，此刻的他，只想一意孤行。
「臣，告退。」
我解下象徵左徒的白銀嵌龍帶鉤，往前交給逄逸，然後朝王行禮，轉身離開朝廷。
走出宮門，乘上馬車，沿途看著在王君臨的郢都下，還算繁榮的街道，我給自己一個苦笑。
和平不過是表面而已。
我此刻的心，早已跟身後的朝廷一樣，被遠方將要發生的戰爭的陰影所籠罩，而感到惴惴不安。

我特意讓林嚴多繞街道幾圈，才回到官邸。還不待我敲門，大門就在我腳步停下的時候開啓，在我眼前的，依然是心思細膩的曹筑。

「左徒？今日朝議這麼快就結束？」

「我感到身體不適，所以就先回來。」我一邊走到院落，一邊回答。

「看你的臉色，恐怕不是這麼簡單而已。」曹筑跟來。

我正要說明發生何事，就聽到官邸外有馬蹄聲和嘶鳴傳來，我前去大門一看，正好看見屈匄接過護衛手中的物品，然後虎步走來。

屈匄將手裡拿著的青銅酒壺，提到我眼前，笑著說道：「共飲楚瀝否？」

我頷首而笑，回道：「楚瀝雖好，有知己相飲更好。」

「上將軍，左徒今日身體不適。」

屈匄嘆氣，回道：「身體不適？告訴妳病因，就在於他的左徒，被大王削去。」

「原來如此，以大王的愚昧，我不會感到意外。」

曹筑說完，便頭也不回，快步走出大門離去。

「她這是……」屈匄神情錯愕。

「無妨，她只是不悅，頃刻就會回來。」我擺手示意，「我們進廳堂。」

「既然如此，請。」

領著屈匄進入廳堂，我於箱篋取出兩個白玉羽觴，接著走到屈⊠面前，放在案上。屈⊠倒起酒來，頓時酒香四溢，也不管手勁的輕重，就讓酒自然地流入羽觴內而濺出。

屈匄斟酒後，拿起羽觴，對我一敬：「我先滿飲。」

「好。」我也拿起羽觴回敬。

屈匄喝完之後，又倒酒，但並沒有勸酒，我也沒有多說何話，只是看著他反覆這樣的動作三次才停下。

「你，是否怨恨大王？」屈匄突然問道。

「我不恨。」我爲自己傾倒半觴，喝下。

「此話當眞？不如你爲內應，我從外率丹陽之軍回師郢都，逐君側之惡人，重振楚國。」

我淡然看著屈匄，說道：「我會當你沒說過這些話。」

「我說的不過戲言。」屈匄又倒滿觴，「看你並未心生怨恨，我便放心。」

「我當然明白你不是認眞的，而我也沒那麼不智。」

「若如此，你我身上流的屈氏之血，便沒有白活。」屈匄從胸懷中取出鎏金蟠螭帶鉤，「看來大王對你眞是甚爲忿怒，拜官授命不在朝廷，反倒要我私下託鉤於你。」

王，原來你讓屈匄試探我？

我沒有回話，靜靜地從屈匄手中，接過這象徵三閭大夫的帶鉤。

屈匄看我默不作聲，勸道：「眾人皆知，你確實擁有左徒的才能，所以你也不要太拘泥在職位上。」

「左徒，左徒，也強不過一個三閭大夫。」我只能苦笑。

「大王會後悔的。」

我聽完只是搖頭，深深不以爲然，因爲在我看來，王會後悔的時候，往往都是在他被形勢逼不得已之後。

「不談這事。」屈匄替我倒滿羽觴，看著我，「再過不久，我就要出兵丹陽。此行，我很有可能回不來。」

「這一戰，從形勢上判斷，我已不奢望你能班師，但說什麼你都要平安。」

「你明白當前的局面。」屈匄大笑起來，「不過你是知道的，整個朝廷也都知道的，我屈匄的好勝心，全楚國沒有人可以超過我。」

「正是因為如此，你更要注意自己的安危！屈氏不能再少一人。」我蹙眉回道。

「我非打勝不可。大王受此侮辱，身為人臣應該慨然而出，秦國如此驕橫無禮，楚國絕不能認輸。」

「眞希望我可以隨軍，我實在太擔心你過於躁進。」

「我又不是沒打過勝仗。」

「答應我，你會回來，再與我共飲楚瀝。」

屈匄只是頷首，並未回應，然後莞爾，看我一眼，拿起酒壺，豪邁地一飲而盡，接著放下酒壺，起身，走到門口背對著我。

屈匄嘆息以後，說道：「楚國，將來就交給你。」

屈匄說完，立刻快步離開。我一愣，起身追出，卻只見屈匄及兩名護衛早已駕著馬，往軍隊準備集結之處而去。

望著屈匄的身影，我原本不安的心，更憂慮幾分，但我只能在此祈禳，祝福即將奔赴戰場的他，正值隆運。

復出

此刻是朝議時分，我站在院落的水池旁，面對自己的倒影，感到孤寂。忽然有風吹來，帶著些許涼意，導致澤蘭上的露珠，墜入池面，產生淺淺的漣漪，晃開我的容顏。

我嘆氣，想起屈匄。

當時切諫王不要貿然出兵，讓自己吞下降爲三閭大夫的後果，如今已過一個月，不知道前線的戰況究竟如何？

雖然明知這場敗局，在王失去理智而震怒的那一刻起，就已決定，但我仍然希望屈匄能夠平安歸來，甚至，我無比自私地想著，就算只有他一人全身而退，那對屈氏宗廟也好。

「三閭大夫。」

身後傳來喚我的聲音，讓我從思緒裡回神，轉頭一看，是逢逸。

「有何要事？」我走到逢逸面前。

逢逸神色雖異，仍然恭敬答道：「大王命我前來召你速至宮中。」

我默然不語，心知必然是發生變故。

「三閭大夫，事不宜遲。」

「你可知大王下令的原因？」

「天色將明的時候，有消息傳來，說丹陽的十萬楚軍被秦軍殲滅；景翠遭到秦韓聯軍夾攻，只能撤軍，也因此大王需要與你商量。」

「兩路楚軍都戰敗？那上將軍如何？」即使勝負早就預料，我還是不可置信。

「上將軍……他……」逢逸其辭閃爍。

「快說。」

「戰死。其首級被割下，帶回秦國邀功。」

不聽則已，一聽見最眞實的結局，我的心神無法承受，不覺恍惚，幸虧逢逸立刻攙扶，才不致難堪。

「三閭大夫，節哀順變。」

「無妨。憑上將軍的武勇，即使被困，只要不是獨自一人，應該也是能夠逃出生天……」

「據幾十個逃出戰場的親兵說，在兩軍酣戰之時，上將軍引精銳由險道出擊，意欲奇襲秦軍主帥，卻在毫無預料的情況下中伏；死戰突破包圍後，我方早就軍心潰敗，上將軍自認已無顏面回國，決定讓遭到重挫的部隊順利撤退，遂跟十幾名將領帶著千人，返身於險道抵擋秦軍，卻不幸當場陣亡，而秦軍爲了爭功，反而遲誤攻擊，讓他們逃離。」

中伏……丹陽爲我大楚之境，縱有斥候也難以窺知地形全貌，秦軍怎麼知道何處能佈下伏兵？又是如何知道屈匄的行軍路線？想到這裡，我的思緒立刻閃過一個人——靳尙。這次出征，靳尙舉薦姜遷爲監軍，不知道在交戰前，姜遷是否利用王賦予他的權勢，指揮屈匄該如何進軍，而這進軍的情報，卻又另外遣人偷偷出賣給秦軍？

「監軍姜遷，人在何處？」

「已從丹陽率敗軍回都城。」

「你先回宮告訴大王，我會盡快過去。」
「三閭大夫，意欲何往？何事會比召見更重要？」
「我要先去找大夫靳尚，問他一些我的困惑。」
「大夫現在應該離開官邸，因爲我方才也去通知他入朝。」
既然逢逸如此說，我頷首表示明白，和他一起前往王宮。
我壓抑著屈匄戰死的悲傷，來到宮門外，逢逸便要我獨自進去，說是王的意思。於是我便快步走去王宮，只是我才剛踏過門檻，王立刻前來相迎，從前的冷淡釋出如此的熱烈，讓我感到很不自在。作揖行禮之後，我遂入座，眼神落在宮內物品的擺列上，並未看著王。
「屈平，寡人需要你的幫助。」王也入座，與我相對。
「大王，臣不應該來。」我還是沒有看著王。
「因爲寡人要你不再踏進宮中？」
「諾。」
「可是現在……寡人……」王悔恨看我。
「但臣想知道，這次，該如何處理？」
「屈匄被秦韓聯軍大敗於丹陽，與逢侯丑等七十餘名將領戰死，麾下十萬楚軍被斬首八萬餘人，回國不到三千，幾乎全軍覆沒，而漢中之地更被奪去六百里，齊國也在大楚後方伺機而動……這一切都是因爲寡人聽信張儀的挑撥，寡人悔不當初。這次，寡人希望，你能出使於齊，讓大楚與齊國重修舊好。」
「這是個艱鉅的任務。」

「但整個朝廷，放眼望去，你是唯一能夠勝任的人選。」

「臣是唯一能夠勝任的人選？臣可以相信自己有這樣的能力？令尹何在？左尹、右尹何在？」我感到惱怒，「現在不就正是他們，爲大王分擔煩懣的最好時機？他們都躲到何處去？大王意欲用臣出使，是否可行？」

王神情更加衰頹，答道：「你要責怪寡人，寡人無話可說。但你也該爲大楚的烝民思量。」

我閉眼深思，大楚的烝民……我承認，王這步棋，下得很好。

可是，王。可是。

你爲何不一開始就想到？

「屈平。」王語氣略微不安。

「臣可以答應大王出使齊國。」我直視王的雙眼，「敢問大王能否答應臣，以後遇到困境，都能像現在一般，把大楚烝民率先放在心上？」

「寡人答應你。」王陰霾的臉龐，像是透露出一絲陽光，「寡人已召集群臣，就等你應允；在朝廷之上，寡人會當場任命你爲赴齊之使。」

王，你當然會任命我，但心懸烝民的承諾你是否也會做到？我不想這樣懷疑，可是你讓我失望過，我是否再該給你一次機會？我只能給，因爲我也要爲自己負責。

「如此，臣先到朝廷去等候。」我起身。

「寡人爲大楚對你道謝。」王也起身，伸手想要執住我的手。

「大王該道謝的人，不是臣，請牢記方才說過的話。」

我輕輕一側，避開王的手。或許，我還是沒有辦法原諒，王之前的愚昧；沒有辦法那麼快釋懷，對我的傷害。

王見狀，只得收回手，答道：「寡人服膺不忘。」

我並未回話，轉身離開王宮，往朝廷的方向走去。

在前往朝廷的路上，我看見子蘭迎面而來，但我並不想理會他，便裝作無視，繼續往前。

就在擦身而過的時候，子蘭說道：「三閭大夫，且慢，你去見過大王？」

我停下腳步，背對著他，冷淡答道：「是又如何。」

「是關於上將軍戰敗於丹陽的軍情？」

「我只是三閭大夫，無權過問政事。」

「勸你別參與此事，經過此戰，楚國遭到重挫，已沒有多餘的兵力再與秦國周旋。」

「所以……依你之見，大王該如何是好？」

「只有跟秦國講和一途。」

「跟秦國講和？」我嗤鄙以對，起步而行，「希望大王會採納你的建言。」

「你不要再左右大王的心思。」

我回頭瞪視子蘭，本來想與他爭辯，卻又感到莫名的無力感，於是打消念頭，快步離開。

不斷回想和王的對話，以致自己沒有意識已來到朝廷。我低頭拾級聚足，來到朝廷門外，向內望去，已有不少大臣在場，只是也發現有些將領面貌陌生，想來是跟屈匄的敗亡有關。

走進朝廷，群臣的視線皆是看我，我感覺得到其中的訝異。陳軫也看見我，快步走來，問道：「三閭大夫，你為何擅闖此處？趁大王尚未親臨，趕快離開。」

我正欲回答，只聽見後方有人出聲：「我猜，這眼前不知自己地位的人，是大王要他來。」是靳尙。

我聞此言，便接過靳尙的話頭，回道：「我會在這裡，確實是大王的指示。」

群臣聽罷，議論紛紛，靳尙一邊入列，一邊不悅說道：「大王須臾便會到來，列位還是沉靜一些。」

我獨自站在角落，看著熟悉不過的朝廷，竟感到些許陌生。頃刻，王在子蘭的陪同下到來，入座坐定，群臣作揖施禮。

王先是掃視，隨即把目光移到子蘭身上，問道：「子蘭，三閭大夫掌管何事？」

突然聽見王如此發問，子蘭感到不解，反問：「大王？」

「回答寡人。」

「職掌宗廟祭祀，以及昭、屈、景三氏事務。」

這時，靳尙也出列答道：「令尹還有一點沒說，就是三閭大夫不得過問朝廷之事。」

「靳尙，寡人可沒問你。」王凝視於我，「寡人……在此任命三閭大夫，即刻為結齊之使。」

「大王——」

靳尙正欲發言，王卻打斷他的話頭，頗感惱怒，回道：「三閭大夫既掌宗廟之事，那麼大楚國事亦在管轄。出使齊國的人選，就此決定，不必多言。今日議論到此，屈平留下，寡人還有話對你說。」

群臣見王心意已決，也就唯諾，紛紛退朝。我看著群臣從我右方離開，直到朝廷只剩下我和王的時候，王才起身，朝我走來。

「這樣任命，你可滿意？」王略帶歉疚的語氣問道。

「大王應該去問其餘大臣滿不滿意。」

「寡人不在乎別人。」

「大王只有在這時候，才會想到臣。」我不禁嘆息，隨後作揖，「但是爲了大楚，臣明日便啓程。」

王沒有再多說什麼，我明白他的內心正在懊悔。

離開朝廷，乘上馬車，我解下繫於腰際的鎏金蟠螭帶鉤，放於掌中觀察，大楚的王，看來你比誰都更明白，儘管我對你有所怨懟，但只要是有關於大楚宗廟的事，我就眞的無法坐視不理。

偕偕士子，朝夕從事。大夫不均，我從事獨賢。

說辭

韓甯被王召回乘廣協助，於是曹筑與我同行。領著王命，再次來到臨淄，這座齊國至上的都城。在跟城外的守衛表明來意後，隨即有負責的官員出現，帶著我和曹筑離開。我們所乘的馬車，隨著齊國官員的馬車，在騎兵的開道下，前往王宮。

我凝視街上的熙熙攘攘，以及讓路於兩旁的烝民，尋思臨淄繁榮，是因爲長年不受戰火侵擾；假使全天下能夠如此和平，不知是如何美事？田辟疆是否明白我此行的意義？

「左徒？」

「何事。」我回過神來，「而且我已不是左徒。」

「我不會承認你是三閭大夫。」曹筑不以爲然，「你在想如何說服齊王？」

「我在想齊王如何說服我。」

「你是否有把握？」曹筑說道。

眼看曹筑一臉疑惑，我莞爾以對。

「其實我不知道。」

「假使失敗，楚國將難以和平。」

「要是大王能跟你一樣，理解我的想法，我何以至此。」

曹筑搖頭，轉頭看著街道。

頃刻之間，便來到王宮。我和曹筑走下馬車，只見淳于髡已在此地等候，對我作揖，說道：「左徒，別來無恙？」

「我已非左徒。在朝一日爲臣，又豈能無恙。大夫可安好？」

「看來楚國也不平靜……老夫亦非昨日，已被擢升爲上大夫。」

「如此安排，齊王識人之明未減。」

「楚王讓你出使我國，也仍然是用人之能。」

我並未回話，只是莞爾看他。

「大王說是只讓你一人進朝廷，其餘人等不准入內。」淳于髡看著曹筑。

「我只能在這裡等你？」曹筑略微不安。

「不必擔憂。」

我對曹筑頷首，隨即跟著淳于髡走上石階，前往朝廷。

踏進朝廷，齊國群臣分道兩旁，齊王田辟疆，依然端坐在不遠處，往我這裡看著。

我走上前，對田辟疆深揖，說道：「大楚之使，三閭大夫屈平，拜見大王。」

「三閭大夫。」田辟疆直視我，「你來這裡的目的，寡人知道，不過寡人的答覆，你應該也知道。」

「臣實在未知大王的答案，因爲臣認爲大王猜錯目的。」

「但說無妨。」

「臣今日來此，是救齊國，並非爲了大楚。」

「齊國和秦國即將訂立同盟，列國也不會按兵不動，眼看楚國危在旦夕，齊國又有什麼危難需要挽救？」

「大楚確實危險，可是一旦大楚不能再牽制秦國，對齊國沒有任何益處，秦國的野心，勢必會伸向齊國，屆時齊國的繁榮，也不復存在。」

「此話，可以拿去威脅韓、魏兩國，他們應該會立刻跟你和談。只不過，寡人要的，不是這樣空洞的言論。」

「大王有何要求。」我的心，莫名有一種覺悟，「臣會盡力促成。」

「你說割地？還是賠款？又或者人質？不……」田辟疆拿起擺在案上的劍，「那些都太無趣，對否？來人，把劍交給三閭大夫。」

一旁的僕從聞言，立刻上前取走劍，接著雙手捧劍交給我。

「大王的意思是，要臣用性命來交換？」

「寡人以爲，這是很公平的交易。」

「若以臣一人之命，換兩國不必大動干戈。」一想到大楚，我向前走一步，「臣不會猶豫。」

「讓寡人明白。」

「血濺朝堂之內，實是不祥之事，敢請大王，應允臣在宮門之外就死。」

「行。帶三閭大夫至宮門外，待他自裁之後，再來告訴寡人。」

我轉身，跟著僕從離開。

淳于髡出列，伸出左手，攔下我，說道：「你若前去，必然橫死。」

「上大夫，你這是何意。」

田辟疆見狀，說道：「淳于髡，你又要給寡人說何故事？」

淳于髡趨前幾步，答道：「臣惶恐。只是臣上朝之時，見一大鳥，盤旋空中，於宮殿之上，其聲隱隱約約，臣用心探聽，好像是仁義二字。敢問大王，這究竟是何飛禽？」

「這鳥，應該是先王時代的振齊之鳥。」田辟疆莞爾。

「臣愚鈍，不能斷定，只知道這鳥，最後往燕國方向飛去。」

「先前，伐燕之戰，寡人志得意滿，卻大失民心，最後竟以狼狽撤軍收場，想起來仍覺得愧對孟軻。而現在，寡人可不想再負惡名。」

淳于髡對田辟疆深揖，說道：「臣看見振齊之鳥，復歸朝廷。」

「寡人本來就沒有殺害屈平之意。楚國已死一個宋遺，又敢再遣屈平來使，分明是想用天下人之口，逼寡人讓步。」

我立刻回道：「片面解除同盟，是大楚理虧在先，絕不敢脅迫大王。大王若不取臣的性命，還請提出重修舊好的條件。」

「寡人不想要什麼條件。」

「大王如此寬宏，不對大楚妄加刀兵，臣代大楚深謝大王。」

「假使眞要條件，你就帶著此劍，去把張儀的人頭取下。」

「張儀已歸秦國，大王這般條件，實在超出臣的能力範圍。」

「你眞的以爲，張儀會放過楚國？」

「莫非……」

「你是聰明人。」

「大王言下之意，張儀此時，正在大楚。」

「你覺得，張儀會錯過你不在楚國的時機？」

「臣必須歸國。」

「劍是憑證。寡人此次原諒楚國，但爾後未知。」

「臣在此借大王之劍允諾，大楚若重蹈覆轍，臣定當用此劍了斷，以謝齊國。」

「願楚國自重。」田辟疆擺手說道。

淳于髡轉身看我，說道：「三閭大夫，老夫送你到城外。」

「有勞上大夫。」

我朝田辟疆行禮，隨後跟著淳于髡離開朝廷。

看見我步下石階，曹筑走來，看著一旁的淳于髡，說道：「如何？」

「無事。」我示意曹筑乘上馬車，「但我們得趕回王都。」

「楚國發生變故？」

「那個有著三寸之舌的人。」

「張儀又來楚國？」曹筑在車內坐定，「你憂慮大王。」

「我能不憂慮？」我跟著坐下，苦笑，「大王一直被張儀玩弄於股掌之中。」

林嚴回頭見我們坐定，便駕馭起行，跟著淳于髡的馬車而去。

「希望來得及。」曹筑回道。

「現在想來，我沒有一次阻止過。」

「這眞不像你會說的話。」曹筑搖頭。

「你知道，當一個人失敗很多次，最後，縱然會成功的事情，心裡也會先產生懷疑，而這樣的懷疑，就又會導致失敗。」

「假使你要如此沮喪，也不必趕回王都。」

「你會覺得我愚昧？」

「我只覺得，你不誠實。」

「你看這天下，虛假的言語當道，誠實的意義，究竟爲何？」

「你應當比我明白才對。」

曹筑所言甚是，我很明白。誠實於我而言，是一個人的行爲，所憑恃的根本。可是爲何，如此明顯之事，卻使我念茲在茲？

我並未答話，只是看著曹筑，如此相視沉默。

「我只是一個平凡的人，不明白這個天下，可是你比我接近，天下爲何物。」曹筑開口說道。

「有時，我眞希望明白的事情，都與我無關。」

「我想問你。」曹筑偏頭，「你的『靈均』有個靈字，那你相信神靈的存在，會改變一個人的將來？」

神靈？我當然相信。大司命曾經陪伴我多年，只是不知所終。再說，祂也從來沒有指示過我，那麼神靈存不存在，對一個人的命運，有何重要？

「爲何想問？」

「你可還記得，我們是如何遇到？」

「當然。是我初入方城的時候，於路上見到。」

「後來我回去，覺得你非同一般大臣，但我必須報恩，於是尋思，若有傳說的神靈，就讓我行刺必然失敗。」

「你何不假意失手？」

「我不願任意行事，那與我的本性不合。」

我莞爾以對，說道：「所以你相信有。」

「我相信有，你可相信？」

「假使我說，曾經有位神靈與我相伴多年，你會相信？」

「你是神靈讓我失敗的人，所以我相信你，也相信這件事。」

「但我看見的神靈，卻從來沒有幫助我。」

「順著展開來的路行走，你有必須要去做的事。」

「我還是不明白。」

這時，馬車停下，我環顧身邊，原來已到城門，淳于髡走下馬車，而我亦然，遂一同站在車旁。

「三閭大夫，你這一去，我們可能不會再見。」

「為了齊國的安泰，上大夫務必保重。」

「那得看歲月如何對待老夫。」淳于髡呵呵一笑，「最後，聽老夫一句話。」

「願聞其詳。」

「不能殺張儀。」

「我也不一定會遇到他，若有那時，再看情況。」我搖頭。

「老夫希望你愼重考慮。」

「上大夫勸我不殺張儀，這可是違背齊王要我做的事。」

「你應當知道，將他殺死，會發生劇變。」

我沉默不語。

我知道，殺死張儀，秦國的干戈會立刻指向大楚。歷經丹陽之戰的大楚，不能再打任何一場戰爭。無論國土是六百里，還是六里，甚至是一座城，都禁不起失去。

已不能再面對戰爭。

「相信你會做出最好的決定。」淳于髡對我行揖，凝視我。

「告辭，上大夫。」

我回揖，轉身登上馬車。待我坐定之後，林嚴讓馬車朝南，往王都馳赴。

我低頭尋思，我不知道，這是不是我最後一次見到淳于髡。

我也不知道，假使我見到張儀，我會出手殺他？

此刻的我，深深覺得，人生的變局，實在太多。

形勢

歷經連日的奔波，終於回到大楚。因爲通過國境關隘的關係，早有快馬回王都報告，所以我要林嚴先到官邸，讓曹筑先休息，自己再前往朝廷。

來到朝廷石階前，我走下馬車，只見韓甯從一旁朝我走來。

「三閭大夫，你終於回國。出使的事，看來相當順利？」

我頷首，說道：「你先回去等我。」

「我要先告知一事，你又要對大王失望。」

「爲何？」

「大王要發兵奪回丹陽，已集合四周百里城邑精銳，且命昭睢持虎符領軍而去。」

「我不在王都的期間，朝廷發生何事？」

「聽說你才離開半日，張儀就來到楚國，前去朝廷。大王將他關進死牢，並說要等你回來之後，用他的性命，以祭丹陽將士亡魂。但不知爲何，大王昨日釋放他，使之回秦。我猜想，應當是令尹讓大王有所變化。」

「是我歸來太遲……但此事和發兵有何關聯？」

「可能是後悔放走張儀。」

「我去見大王。」

「你是應當要去。」

我對韓甯頷首，轉身往前方的朝廷而行，去見那個面目，已讓我看不明白的人。

踏著石階，我不斷尋思，爲何王會放走張儀？

大楚和齊國的外交惡劣、丹陽之戰的大敗，還有……屈☒的死，都和張儀有關，他是造成這一切破壞的兇手，爲何不殺他？

王的理由，究竟爲何？他能給我答案？而我，又能因此說服自己？

顯然是走過無數次的石階，此刻只覺得漫長。

跨過朝廷的門檻，看著群臣分列以待，我不自覺放慢腳步，來到王面前不遠處。

「臣自齊國歸來，拜見大王。」我說道。

「比預期的日子早。復交的情況如何？」王說道。

「齊王已同意與大楚重修舊盟，並讓臣帶來佩劍，作爲憑證。」

逢逸走來，從我手裡將劍取走，放在王面前案上。

王看著佩劍，說道：「和好的條件爲何？」

「齊王對大楚並無提出條件，但對臣，有所要求。」

「直說。」王凝視我。

「要臣，取下秦相張儀的首級。」

「田辟疆……」王冷笑，「斬下張儀的人頭，無異是讓秦國對大楚開戰，然後齊國坐收其利。這個條件，還真是嚴苛。但寡人已下令進軍，有沒有殺張儀，都是無謂。」

「請大王停止發兵，不久前大楚才敗於丹陽，是該整軍以待，但不可輕率攻擊。」

「你的使命已然結束。」

我略微一頓，不甚明白王此話用意。

「屈平，回去休息。你已不是左徒。」

所以，我連發言的資格都沒有？不是出使之前才答應過我，要爲大楚的烝民著想？不該是這樣的。即使不能當回左徒，難道這朝廷之上，大楚的前途，眞的就容不下我再說一句話？

「大王。」我還想勸告，卻只能吐出這兩個字。

「寡人別無選擇。」

我看著王，他的神情沒有不耐煩，反倒像是慎重，彷彿在告訴我，這次進軍是目前最好的決定。

我不知道這是不是錯覺。

有一瞬間，我以爲在我面前的，是過去那個卓越且果斷的王。

「那麼，臣先告退。」

我行揖之後，轉身離開。現在我唯一的想法，是無論如何，都要繼續守護這個國家，縱然，王的決策，往往不是那麼正確，但他依舊是大楚的王。

這一點，對我來說，就是最重要的事。

我快步走下石階，行至半途，從後傳來逄逸的聲音：「三閭大夫，請留步。」

我停下，回頭只看見逄逸走來，到我面前，雙手捧著齊王的佩劍。

「大王說，既然是齊王交給你的，就由你負責。」

逄逸將劍遞來，我略微猶豫，還是選擇接下。

「請轉告大王，說臣，不會忘記自己的使命。」

「諾。」

我持劍離開，心裡卻莫名不確切，自己好像是這把劍，沒有用處。

乘上馬車，我不斷思索，或許就如曹筑所說，我也有該做的事，例如現在，我必須回去見韓甯，商議對策。

我竟也漸漸明白，所謂的前途是這樣的：我走，一點一點，展開，然後再一點一點，分歧，選擇，展開……反覆至終。

頃刻之間，在我眼前展開的，是我的官邸。而韓甯站在門前，像是在等我，我感到不解，走下馬車，想問他爲何在此。

但韓甯看我身後，先開口說道：「三閭大夫，你陷入自己的思緒，連後方有人都未察覺。」

我轉過身一看，看見一名宮中僕從裝扮的人，站在我面前不遠處，卻蒙面而對，只露出雙眼。

那眼神，帶給我的感覺，是一種刺入心裡的冰冷，銳利非常，如同張儀。

僕從走來，韓甯同時也把我拉到後面，將我掩蔽，準備抽劍出鞘；林嚴也躍下馬車，舉動亦然。

「你是何人？」韓甯說道。

僕從停下腳步，答道：「楚國之大，卻不斷兵敗，我感到悲哀。」

這聲音是——韓甯在瞬息之間，用劍鋒挑掉僕從的遮掩。

是他。張儀。

「應該無須如此直接？」張儀冷笑。

「你為何還在王都？」我走到韓甯旁邊。

「去官邸裡面說，如何？」

韓甯看我，我遂吩咐林嚴離開，與韓甯一同領張儀進入廳堂，分主客坐定，林惕也送來茶水。

林惕退下後，三人都沉默，而張儀看來神色自若。

我先開口說道：「曾聞大王言『不要漢中地，只要張儀頭。』你竟然能逃過，是子蘭在暗中保你？」

「當然，若非如此，我的性命，早已不知死過幾回。」

韓甯瞪著張儀，說道：「而你居然還膽敢在此。」

「我敢說服秦王讓我來楚，我就有辦法回去。」張儀擺手，「否則，你現在也可以殺我，或是將我綁縛，交給大王。」

「我便成全你。」韓甯劍已出鞘，走到張儀面前。

「隨意動手。」張儀坦然，閉上雙眼。

我看著張儀，這名男人背負害死屈匄的血恨，還有丹陽之戰十萬楚軍的亡魂，我非常想要奪過韓甯手中的劍，結束他的性命；但淳于髡的指示，此刻卻在耳邊縈繞不絕。

淳于髡所言甚是。

若我在此處殺死張儀，秦王必定調動大軍南下東進，直取郢都；雖然能夠逞一時之快，卻會使大楚陷入危機，我與韓甯將成罪人。

形勢完全沒有在我這一邊。始終都沒有。

「韓甯，收劍。」我切齒以對，「小不忍則亂大謀。」

韓甯聞言，只得收劍入鞘。

張儀笑著，說道：「三閭大夫，好像比在章華宮之時，更爲沉著。」

「現在殺你，陣亡的將士不會復生，也不會改變大王的決定。」

「這就是我此行的意義。」

難道，張儀以身犯險，就是要再激怒大王出兵攻秦，嚴重耗損大楚國力？

雖然是舌辯之士，張儀卻往往出我意料，所行若無膽識，必不能爲。

「爲一己之私而來，我不願再見你。」我嘆息而道。

張儀搖頭，回道：「我爲天下人而來，你卻只是爲了楚國而已。」

「爲天下人？你不用將自己的野心，狂言爲居仁由義。」我仍是瞪視。

「國與國之間，只有霸道，沒有仁慈。所謂的仁慈不過是強者，給予弱者的活路。」

「盡是巧言。只是爲了楚國……我進思盡忠，有何過錯？」

「聽聞你新作國殤，其曲充滿悲壯，我也有所感慨。莫非，你希望楚國奔赴戰場的將士，不斷成爲所謂的鬼雄？」張儀喝下茶水，「秦軍雖暴，卻是以戰止戰；你沒有錯，錯就錯在楚國不夠強，如此而已。」

張儀的每一個字，都重創我的心，我竟然無話可以反駁，畢竟那是事實，沒有餘力再與秦國交戰，是大楚眼前最爲不堪的現實。

我默然以對，韓甯也未有話語。

這時，張儀起身，對我行揖，說道：「子蘭應當準備已畢，我也該乘車回秦。三閭大夫，告辭。」

我亦起身，但未回揖，與韓甯跟在張儀身後，步出廳外。

三人正往大門，曹筑忽從門外快步而入，待我看時，才驚覺曹筑持劍而來，對著張儀就是一劍斬去——張儀出於本能退避，劍鋒劃破袍袖。

張儀背對我，說道：「三閭大夫，顯然是要取我性命？」

「與左徒無關，我是刺客，取你性命正適當。」曹筑擋住去路，「左徒不下手，就由我來。」

張儀也不答話，只是看著裂開的袍袖。

「曹筑，停手。」韓甯走到張儀前方勸阻，「張儀雖然可恨，但不能殺他。」

「我要爲天下除一大害！」

曹筑說完，又朝張儀刺去；韓甯見狀，抽劍擋下。而張儀，倒也不離去，立於原處，眼看兩人交鋒。

曹筑雖弱，但韓甯也無法輕易阻止，還須費心護住張儀；而我，更制止不了兩人。念頭一轉，所有事都因我而起，那何不以身相拒——我接近兩人，讓他們的攻擊有可能斬傷我。

意識到我的用意，韓甯和曹筑的交鋒，果然停下，神情不解注視我。

「三閭大夫，何須如此？」張儀擺手。

「秦相，離開。」我拂袖回道。

「告辭。」

張儀冷笑一聲，快步走出大門，乘上接應的馬車，隨即離開。

「我差一點就能殺死他。」曹筑憤懣不已。

「妳也會殺死我。」我答道。

曹筑更是發怒，轉身便走。

「且慢。張儀跟妳有何關聯？」我拉住曹筑，「爲何妳如此憤怒？非陷他於死地？」

「因爲你救過我。」

「但那不是葉公之計？」

「我是說眞的救我。」

曹筑甩開我的手，將劍擲地，快步而出。

「三閭大夫，她確實在意你。」韓甯走來，把劍拾起。

我頷首，可我目前才明白。

後來，曹筑和陸離，都不知所終；而齊王之劍，就安放在暗篋裡，像是在告訴我，什麼也不必問。

傷悼

今日，獨坐於廳堂，我以為自己心緒較為穩定，於是吩咐林嚴備車，前去玄思臺，韓甯得知此事，便託我代為致意。

自從丹陽之戰後，我想要哀悼屈匄，但為了王命與社稷，我立刻出使齊國，又耗去不少日子，直至最近才返楚。因此，一直以來，都沒有時機能仔細地為屈匄奉行祭禮。

何況，屈匄於沙場上戰死，格外是對秦交戰——殘酷的軍律，讓屈匄成為無首無身之魂。身為三閭大夫，不會有人比我更適合為屈匄哀悼。

抵達玄思臺後，我讓林嚴在原處等候，獨自走上石階。

玄思臺的石階並非一般，從地面起步，行於傾斜，每一個階面的大小，逐漸縮短，以致於將到達最高處的臺面時，眼前的階面竟然只有一步之寬；據聞是前任太卜有意為之，其用意在於讓人明白，來時為步艱難，去時坦途不眘。

雖然任職三閭大夫，卻是我初次來此。隨著石階的升高，我也確實明白前任太卜為何如此建造的用心。

當我走到頂端臺面，十名身著奇裝異服，戴著鬼面的巫覡，便上前迎接，其中一名女巫，對我深揖後，便拿起手中旌羽，數次打在我身上，接著問道：「三閭大夫，我們的主使。我——陽在此敢問，你將有何命令？」

我凝重以對，振衣之後，回道：「有人下黃泉，我想要幫助他。但他已經首身分離，魂魄怕是亦然。你起芻靈，等靈通以後，將失散的魂魄還給他。」

巫陽毫無遲疑，頷首答道：「諾。」

其餘巫覡四散成圍，紛紛從袖中拿出各自的用物——有人持扇，或持籥，或持鈴，次序輪為三組；巫陽則是取出用草紮成的小人，以及赤紅之布，將草人纏繞在我的心脾之位，而我於此清楚地感受到，自己內心的跳動深淺。

當一切就緒以後，巫陽高舉旌羽，眾巫覡見狀，便開始動作，在原地隨著樂音緩緩起舞。

而巫陽卻將旌羽抵上草人，隨即問道：「三閭大夫，此人為何者？」

「此人，為大楚上將軍屈匄。」我凝視巫陽，「於丹陽之戰陣亡。」

巫陽聞言，舞起旌羽，高聲喊道：「魂兮歸來！何必離開你的軀體，往四方迷途無道？捨棄你安樂的居處，遭遇凶險實為不幸；魂兮歸來！東方不可以寄居停頓，那裡有長人身高千丈，只等著搜捕你的魂魄——天有十日，以金石之固都會變化，你一去必定消解無存；魂兮歸來！南方不可以棲止，那裡有額上刻紋，長著黑牙的野人，準備掠取人肉作為祭祀，還把死者的骨頭磨成漿滓——毒蛇如草叢集，巨狐千里遍野，更有虺蛇九首，來往飄忽迅速，為求增加心臟，會將人吞食；魂兮歸來！西方亦有災殃，流沙千里，被流沙捲進雷淵，身軀頃刻糜爛，即使得以擺脫，四外又是死寂空曠之域——紅蟻龐大如同巨象，黑蜂更像葫蘆一樣，五穀不生，茅草為食。沙土炎熱，能把人身烤爛，欲飲泉水卻點滴皆無，徬徨迷惘，沒有依靠，廣漠荒涼，更無終極之處；魂兮歸來！北方更不能待，冰封萬丈，山峰高聳，大雪飄飛，沒有止盡之時。」

此刻，回想和屈乜之間種種，我的眼淚不停掉落。

巫陽並未停頓，依然喊道：「魂兮歸來！你也不要逕自上天，九重關隘都有虎豹據守，見人必將銜之害命——更有一身九頭的妖怪，能連根拔起九千棵樹木；魂兮歸來！你更不要下到幽冥之國，那裡有頭上長著尖角，銳如刀劍的土伯，肥厚的雙手沾滿血跡，逐人飛奔如梭，更豢養三眼虎頭之怪，身體像夔牛一樣壯碩——還有一群豺狼，群奔爭先，銜咬拋人為戲；為了避免災禍，魂兮歸來！快進入楚國王都的城門，招魂的器具已經齊備，等待你發出長嘯；魂兮歸來！返回故居，不再離鄉，也無須憂慮歸處——」

這時，我的眼前，所看見的，竟然不是巫陽——而是那個時候，與我在官邸，把楚瀝一飲而盡的屈乜。

只見屈乜神情平靜，身著戎裝，對我作揖，頷首說道：「屈平，你可安好？」

我涕洟縱橫更甚，回揖答道：「我……我一切無恙，唯恐上將軍，在外身患惡疾。」

「何出此言？我並無惡疾，不必擔憂。我在山谷之中，沿著路徑曲折，聽聞溪流潺潺；又在陽光之中，隨風搖動蕙草，氣息皆是椒蘭芳馨。」

我以袖拭淚，不斷頷首。

「於是，我終於明白，死亡便是如此，也明白，那些被我殺死的敵人，當下驚懼交加，仰看著我的心境。」

「我願傾盡所有，用以交換你不明白。」

「你是否安然？」屈乜又問。

聽見屈匄再問，我終於搖頭，答道：「不，我非常思念你。」

「我也是。只是死生契闊，皆爲天運，你無須感傷太甚。」

「你不是已經頷首，與我成說，要從丹陽歸來，共飲楚瀝？」我垂淚以對，「未料堂堂上將軍，竟是如此待我，豈非言而無信！」

「你不會知道，我已盡全力，想要信守承諾。」

「我便是不相信，你爲何會戰死？」

「戰場即是所謂生死，只在眨眼之間。而我能夠征戰至今，已不知得到多少僥倖。」

「只是現在，如何與我共飲楚瀝？」

屈匄低身執壺，站定以酹，正色說道：「我爲你而飲。」

我終於忍受不住，俯伏放聲痛哭。

與此同時，巫陽的聲音，從我耳邊傳來，說道：「魂兮歸來！爲何還要滯留遠方？魂兮歸來！縱目望盡，千里之地，返回故里，故人久候——」

我起身看時，已不見屈匄身影，只有巫陽依然舞著旌羽，眾巫覡卻是動作漸止；停下之後，原來持扇的巫覡，不知從何處取出利劍，肅立以待。

這時，巫陽改以雙手握著旌羽，繼續喊道：「魂兮歸來！」

與方才景況相似，眾巫覡聽聞巫陽之聲，又開始動作，在原地隨著樂音起舞。

「魂兮歸來！」巫陽將旌羽當成利劍而舞，「手執銳利的兵戈，身披堅韌的犀甲，在車轂交錯中，與敵軍開戰。旌旗蔽日，勍敵蜂擁如雲，箭雨紛墜，將士奮勇向前；勍敵侵凌陣容，踐踏隊列，左驂倒斃，右驂傷於刀劍。覆藏車輪，拉住戰馬，拿過玉槌，擂動鼓點——」

不知爲何，聽聞國殤，我的淚水竟然休止。

只見巫陽身形矯捷，喊道：「戰氣肅殺，蒼天忿怒，被殘殺的將士，散棄荒原；既已出征，就沒想過要返回，故土飄忽，去路漫漫——」

此時，屈匄又突然現身在我面前，只是這次，滿天飛塵，他正在與三名秦軍將領交鋒，來回變化之激烈，讓我不禁蹙眉以對。

屈匄縱馬力戰秦軍三將，終是獨力難敵，對方的長矛不斷刺擊他的甲冑，但他並未因此倒下，反是持矛回擊，口中更是鮮血湧出，如此戰鬥不絕；我所看見的屈匄，更像是一頭力大無窮的猛獸，頭盔雖已掉落，仍舊衝往敵人；直到那三支長矛，同時貫穿胸臆而出，一名秦將持劍砍落他的頭顱——他才終於倒地不起。

如此血恨，我不敢再目睹，只能別過頭去。

「屈平，我沒有退卻。」

這是屈匄的聲音，我隨即轉頭一看，只見秦將消失，他已站起，身軀完好無傷，卻是無首。

我頷首以對，回道：「我始終都明白，即使戰敗，你也不可能逃走。」

「那便是丹陽，這便是我所打過的每一場戰爭，激烈並無高下之分，但都同樣的殘酷。」

「我未嘗不知道，少年時隨父親出戰，就已知道戰場凶險，刀兵無眼。後來父親又是戰死，所以，我如今更恨你捨生取義。」

「何苦如此？這便是我們屈氏的天運。」

「我能否不要？我只要你活下來。」

「你才是應當活下來的人，有人在等你。」

「那是何人？」我感到不解。

「我不知是何人，但在將來，必然，你必然會見到他。」

未待我回話，屈匄說完，形體逐漸飄散，原處取而代之的，是巫陽的對視。

這時，巫陽依然起舞，放聲喊道：「帶上長劍，操起強弓，即使屍首分離，也從不悔恨。眞是勇猛無畏，武藝高超，你始終剛強，不可欺凌。既已身死，將成神顯靈，你是鬼中的英雄，魂魄毅然——」

聽聞國殤曲終，眾巫覡皆跪地恍惚。而巫陽再度用旋羽打在我身上數次，隨後將纏繞心脾之前的紅布解下，卻讓我感到訝異不已——草人竟然消失不見。

「三閭大夫，靈通已成，上將軍魂魄安然歸去。」巫陽作揖說道。

「內心獲得平靜，我非常感激。」

「不必言謝，這是我們巫覡的職守。」

我對巫陽行揖，環顧四周，突然有一股巨大的悲痛，在胸臆翻騰，但我只能轉身，從來路返回，無比慎重，一階一階，慢慢放下過多的懊悔，離開玄思臺。

來往

殿外初陽當空，朝堂之上，群臣皆默，昭睢一身戎裝，卻自縛而立；南面而坐的王，神情黯然，我眼看也是惋惜非常。

「臣大敗而還，愧見大王，故來請死。」昭睢低頭說道。

王閉眼嘆息後，注視昭睢，說道：「爲上大夫鬆綁。」

「諾。」逄逸答道。

逄逸走到昭睢身後，將繩結解開。

昭睢隨即跪下，從身上取出虎符，雙手捧住；逄逸見狀，接過虎符，返回交還於王。

昭睢伏地，說道：「臣解符已成，甘受一切責罰。」

「寡人不明白。大軍收復丹陽失地，更破武關，兵至藍田，離咸陽僅一步之遙。」王拿起虎符觀察，「一步之遙，爲何寡人得到的，卻是對秦割地求和？」

「據聞秦國策動韓、魏兩國，攻取召陵，欲斷大軍歸路；臣尋思咸陽一時不可破，只能忍痛撤軍，退軍途中又不斷遭受襲擊，是故慘敗。」

「軍情，寡人皆知。只是可惜將士萬分辛勞，竟寸土未得。」

「臣甚是羞慚。」

「念你此戰功過相抵，且爲昭氏之後，多年爲官頗有功勞，權免一死，降爲大夫，今後居家自省。」

「臣深謝大王不殺之恩。」

「先回去。」

「臣尚有一言，欲對大王說。」

王未回話，但擺手示意，讓昭雎繼續說。

昭雎拿下頭盔，看著我，說道：「臣以為，從前左徒起草之變法，日後不得不行。」

聽聞此言，我感到訝異——身為守舊一黨的昭雎，竟在朝廷之上，出言擁護憲令？但我不在其位，為時已晚。

「昭雎，老夫是否聽之不聰？」昭般出列說道。

面對氏族有人同意改革，昭般身為昭氏家老，此刻果然出面，開口反對。

「右尹，經歷藍田之戰，我深切感受，楚國必須強兵；強兵以後，方能示威於其他諸侯，不敢輕易進犯，國境自得萬全，不必有過多的後顧之憂。」昭雎回道。

「此次藍田大敗，莫過你輕率冒進，竟將戰線自丹陽延長於藍田，不思守成，反讓秦國有機可趁。」

「丹陽能否收復，攸關楚國對秦國交戰的優勢；藍田更是秦國的咽喉之地，若能攻陷，今後就不必受制於秦。」

「但你得到何物？」昭般凝視昭雎，「敗軍之將，還想議論朝政？」

「我的罪責，我會承擔，無須右尹費心。」

昭雎對王深揖，戴上頭盔，隨後退出朝廷。

我看著王，王只是若有所思，對於昭雎和昭般的交談，未發一言。

「大王，昭睢失禮，老夫代爲請罪。」昭般說道。

「寡人無心於你們的辯論。」王微微搖頭，「散朝。」

群臣對王作揖，便各自離去，我轉身之前，望王一眼，只是如此距離，卻讓我感到相隔九重。

身爲三閭大夫，緘默便是在朝廷中的要務。

「屈平。」

最後離開的我，正要跨過門檻，王的聲音，留下我的腳步。

我返身走回朝廷中央，對王一揖，回道：「大王。」

「你對昭氏之間的指謫，有何看法？」王說道。

「兩人所言皆是，但大楚之敗，並非一日之寒。」

「寡人原以爲，丹陽若能收復，大楚便尚有跟秦國一搏的餘地；如今，是全都落空。」

「大王可趁此圖治。」我往前數步，「以憲令之行，尚猶未晚。」

「寡人只問你一些話。」

「大王請直言。」

「時間的巨流。」王看著我，同時也拿起案上的白銀嵌龍帶鉤，「是否尚在寡人這一邊？」

我將視線落在帶鉤，我知道王所想何事——只要我同意王的話語，便會讓我官復左徒，實行憲令

——可是，我分明知道，已不是如此。

而我，爲何會說爲時未晚？昭睢不是也以爲變法，是大楚未來唯一的拯救？

爲何此刻面對王的疑惑，我的心卻猶豫而狐疑？

是因爲過往王的反覆，讓我懼怕憲令會半途而廢？還是丹陽一地的得失，已經造成無法扭轉的局面？

這些自問，都是我無從回避的事實。

「回答寡人。」王說道。

「大王若有進取之心，改革仍然事有可爲。」

「寡人不明白你的用意。」

「大王一旦重新起用臣，氏族必將再次反對，大王能否堅持不退？」

這時，換王不發一言，也將帶鉤放回案上。

「臣不在其位，敬請大王深思。」

「寡人明白。」王微微頷首，「你可回去。」

「臣告退。」

我對王深揖，緩步退出朝廷。

王心意未堅，我也不願在如此情形下接受帶鉤，我只能繼續等待。

跨過門檻後的我，卻看見群臣踏著石階歸來，陸續經過我身邊，進入朝廷。

我對如此情景，感到疑惑，也跟著回去入列；這時，最後進來的人，是職掌宮門之禁的門尹山熠。

「爲何都回來？」王問道。

「門尹自外而入，與群臣言有緊急之事，於是眾人復歸朝廷。」昭般答道。

「臣有一事。」山熠往前行揖，「欲報大王。」

王環顧群臣，雙眉一鎖，問道：「究竟何事？」

「太子……叩閽而待，臣未得大王令，不敢放入。」

此言一出，群臣皆驚而私語；我亦心生不明——太子熊橫此刻不是應當在秦，做爲人質？爲何返回王都？

「熊橫爲何歸來？」王神情凝重，「讓他入內。」

「諾。」

山熠答完，遂急急退去，朝廷之中，群臣無聲以對。

大楚有法，公子他日爲人質，爲取得入質之國的信任，非有王命檄召，一律不得私自回國；若門尹放入，即交由廷理訊鞫，不論過失與否，都將流放爲烝民。

山熠的審慎是依理當爲，如此應對，才能自保無事。

只是，太子爲質卻自行返國，必定是發生嚴肅之事，而不得不爲。

朝廷等候良久，山熠引著熊橫入內，隨即退出；而熊橫，站在門檻之前，頹然不動。

身在列隊最後的我，觀察熊橫全身上下，雖著朝服，卻歷經風塵，顯然是一路逃亡回郢。

「你，身爲質子，爲何返回郢都？」王說道。

我轉頭看王，已是一臉怒容。

熊橫往前數步，對王深揖，回道：「臣深知質子爲重責，情願有罪而回。」

「究竟爲何？」

「臣於秦地，殺人。」

熊橫此言一出，群臣議論不已，我亦感到訝異。

「你敢殺人？」王冷笑一聲，「看來不用再爲質子，寡人應當封你爲將。」

「臣所言屬實。」

「告訴寡人始末。」

「臣在咸陽，日前聽聞藍田一戰，楚國垂成而功敗，心中怏然；適逢監看的秦國大夫到來，出言不遜，臣一時激憤，拔劍斬殺，自知鑄下大錯，尋思無計，只能趁隙逃出，連日奔波而還。」

「豎子！既知藍田大敗，還膽敢殺害秦國大夫？」王咬牙而恨，「秦國必尋釁而來，你一劍不是殺秦人而已，是殺寡人之社稷。」

熊橫伏地請罪，不敢抬頭。

「大王息怒，太子也是一心爲國，才失遠慮。」子蘭出列說道。

聽見子蘭解釋，王擺手回道：「如此愚昧，不如客死咸陽！」

眼見王怒氣更甚，群臣皆伏地，爲熊橫請求赦免；而我，只是站在原處，眼看這一切。

「屈平，獨立於他人，有何看法？」王凝視我。

「太子有錯，應當受罰。」我對王一揖，「不能使犯法之人，心存僥倖。」

景蘊起身，出列說道：「三閭大夫，太子爲承襲大業之人，即令有罪，也由朝廷承擔，不可施刑於身。」

「左尹之言，是要廢大楚王法？」我回道。

「你們不必相爭，寡人自有主張！」王餘怒未消，「熊橫！你幽禁東宮，非寡人之命，無論何人都不可見。」

「諾。」熊橫仍是低頭答道。

「逢逸，你引熊橫回東宮。」王說道。

「諾。」逢逸答道。

逢逸走到熊橫身邊，行揖後低身，說道：「太子請起。」

熊橫不語，在逢逸扶持下起身，對王深揖，隨後跟在逢逸身後，只是熊橫在經過我面前時，偏頭瞪視，才離開朝廷。

我明白那是何意。如同守舊一黨看我的眼神那般，今後，我與熊橫已結下仇怨。

但即使如此，我也要爲大王，守護國法的威嚴；只是，王選擇寬宥。

王閉目深思，說道：「子蘭。」

「大王。」子蘭應聲。

「國境做好戒備，並遣人入秦，探知秦國將來的舉動。」

「諾。」

子蘭作揖而退，我與群臣繼續看著王。

王似乎不願多談，只擺手示意，說道：「退朝。」

群臣唯諾，我率先退出朝廷，一步一步走下石階，無視他人從我身旁經過，心中所想只有憂慮，那些王和大楚不斷面臨的困境。

登上馬車，我仍想著王，卻也一時計無所出；眼看沿途城內一切，只是加深煩懣。

回到官邸，我才剛走下馬車，便有另一座馬車到來，跟在門口停下。
我於原地等候，來者也走下馬車，一看，是與我同宗之人——屈景。
雖是同宗，年歲也相似，卻不相熟，即使遭遇，也不過拱揖之交；同爲朝官，屈景則是長年爲大夫之職，在其他氏族的傾軋下，有才學卻從未眞正得志。
屈景雖不是守舊一黨，但也不曾在朝廷爲憲令置之一辭，相較之下，屈⊠才是屈氏之中，唯一確切明白我志願的人。
「大夫何故至此？」我作揖問道。
屈景回揖，說道：「三閭大夫，可否與我一談？」
「請入內。」
「請。」
我引屈景進到廳堂，分主客之位坐定，林愓如常送來茶水，隨即退出。
不待我發問，屈景便開口說道：「三閭大夫，你以爲今日朝中之事如何？」
「大夫所問，是指昭雎之事？」我注視屈景，「還是太子之事？」
「藍田之敗，無須多言。當然是指太子之事。」
「大王已做處置。身爲人臣，又何須多問。」我舉杯而飲。
「大王不行王法，是毀壞國家根本。多年如此，我無法再繼續坐視。」
面對如此朝廷，屈景有何意見？我頷首以對。
「我決定離開楚國，另謀他處。」屈景也喝下茶水。

聽聞此言，我雖感嗟訝，但回想朝廷種種是非，卻也不難理解，屈景爲何有此主張。

「欲往何處？」我說道。

「據說燕王築一高臺，不惜以重金求賢，天下名士畢至，大有圖強之勢；我欲一往，觀燕王之心如何。」

我仍不言，屈景此話，讓我再次看見當年使齊之時，環淵的言行。

環淵是否早已料想到大楚之今日，所以選擇在齊國發展？

眼前的屈景，只是太晚明白，或者是，忍痛捨棄，才做出這般決定。

我既沒有說服環淵回國，自然也沒有理由留下屈景。

「何時前去？」我說道。

「明日便動身，不必擔憂。」

「不多深思幾日？」

「我已尋思久之，早晚都將離開。」

看來屈景心意已決，去志甚堅，我只能默認。

屈景起身作揖，說道：「雖說我不似屈匄與你深厚，但今日來此，也是爲了屈氏之情。」

我也起身回揖，答道：「燕國遠在北土，此去行路艱辛，願你前途平穩。」

「左徒，就此一別。」

屈景頷首，逕自退出廳堂而去。

我雖然不在其位，聽見「左徒」二字，還是深有感觸；對於屈景的身影，竟然有些嚮往。

莊蹻

熊橫殺害秦國大夫，不出數日，秦國果然來使質問，並要求王立刻交還熊橫，由秦國責罰。以秦國之凶惡，熊橫一回，必是死路，王絕不會應允，群臣也不會沉默。

王當下便回絕來使，以好言相勸；來使見事不諧，倨傲而去，要大楚悔之無及。

王雖憤慨，仍然下令全國戒備，更加重楚秦邊境的防務，表示出保衛大楚河山的決心。

只是秦國也明白，即使大楚此刻弱勢，在兩國邊境衝突未必能勝，於是便把戰場導往另一處——聯合韓魏兩國，還有齊國，兵臨方城，意欲從此突破大楚的防線。

韓、魏兩國迫於壓力，未可厚非，讓我感到無法接受的是，齊國不是才與大楚修好，爲何發兵助秦？莫非，對於大楚曾經毀棄盟約一事，田辟疆仍然挾恨在心？

但我以爲，更接近現實的答案，應當如同張儀所言，錯便錯在，此刻的大楚不夠強盛，如此而已。

王命唐眜爲將，領大軍前往救援，更遣莊蹻率乘廣之師，以爲接應。

有此兩路楚軍進發，方城一帶之地，應是不致失守——唐眜和秦國聯軍，遂在沘水列陣對峙，秦國知此情況，便將聯軍交由齊國之將匡章統率。

唐眜得王之令，堅守不戰，以期秦國聯軍糧秣不濟，或另有他變，但戰況仍是難解；時過兩月，田辟疆對僵局不耐，遣使催促匡章出戰，聯軍卻一再被唐眜的守勢擊退。

數次交鋒，讓唐眜頗有功績，也以爲再堅守下去，勝負將定，只是他不曾想過，匡章竟在當地烝民的密告之下，找出楚軍的弱點，率精銳連夜渡過沘水，朝楚軍發起攻勢；唐眛發覺已晚，各處守軍無法相顧，遂令本軍與乘廣合爲一師，和匡章在垂沙之地，激烈交戰，卻挽回不了頹勢——唐眛戰死，莊蹻殺出重圍，收聚敗兵，退回王都。

匡章並未趁勝率軍南下，而是和韓魏兩國，瓜分方城一帶的城邑，秦國則是奪得財富，收軍而還。只是方城的得失，讓齊國更易於窺伺大楚東疆，穆陵更顯穩固不破；對此困境，王不得不召集群臣商議。

雖然身爲三閭大夫，我還是來到朝廷，入列以待。

頃刻，王在熊橫和子蘭的陪同下到來，我略感意外。

王入座後，熊橫亦坐於一旁，子蘭則是入列。

「熊橫既已回國，年歲也已合適，寡人欲讓他積習朝議。」王環顧群臣，「故在此靜聽。」

熊橫即使貴爲太子，目前還無須親臨朝議；但王所言不無事理，天下變化難測，讓熊橫先明白政事，未嘗不可，也能使東宮之位較爲穩定。

王見群臣無議，便繼續說道：「垂沙之戰，大楚敗兵折將，韓、魏兩國故且不論，齊國得方城之地，其勢坐大，寡人甚憂，有何良策？」

形勢已然至此，孰輕孰重，我雖然有建言想說，但終是礙於本分，不宜開口。

「大王。」靳尚出列，「此次兵敗，肇爲秦國之恨，應遣使入秦，攜重金而往，許以新市一城，請求兩國通和。」

「大夫所言，臣以爲可行。」昭般說道。

聽聞昭般之言，群臣當中，有不少人頷首以對。

我轉頭看王，王顯然不是如此想法，否則不會陷入沉思。

「臣以爲，既是有關齊國，大王可問兩次入齊之人。」景翠出列看我，「三閭大夫。」

「依景翠之言。」王擺手示意，「屈平。」

至此，我終於明白景翠的態度，是不願與秦交好——原來守舊一黨之中，也還有這樣的人。

先前受命領軍，攻打雍氏之地，景翠並無辭讓；如今此話，甚爲清楚。

而我對守舊一黨，過往的偏見，感到慚怍。

我聞言出列，作揖答道：「通和應是不見干戈，卻使大楚損耗甚大，往年交戰連連，便是明證，結秦何爲？」

「繼續說。」王回道。

「大楚與齊國雖兵刃相見，終是一時交惡；對秦國之間，才是眞正血恨。」

「三閭大夫，你不能因上將軍之死，便以私情而忘國事。」子蘭應聲答道。

聽見子蘭提到屈匄，我的情緒不忍波瀾，瞋恚以對，說道：「上將軍之敗，固爲屈氏之恨；但屈氏亦爲王族，此敗更屬國恨。」

「未聞王族如此無能。」子蘭冷笑。

「子蘭無須多言。屈平，如你所見，是要再度與齊國修好？」王說道。

「既然此時齊國勢大，大楚又必須談和；那不如選擇與齊國連和，便是防範秦國的萬全之策。」我答道。

「如何通好？」

「使質子以行。」

群臣聽聞，議論不已，熊橫更是起身說道：「三閭大夫，何出此言？」

熊橫拒絕，並不出所料，我作揖答道：「太子應知質子之重，卻帶罪而還；如今大楚存亡，是太子立功之時。」

熊橫無言以對，王亦沉默不語。

我也不再表示意見，只是凝視王。

「臣願與太子同行。」景翠說道。

景翠此舉，似乎是清除王的深思，只見王頷首說道：「景翠可願一往？」

「臣所言不假，絕不使太子受辱。」

「若如此，便讓熊橫爲質，更交以東境六城，與景翠入齊通和，即刻起行。」

「諾。」景翠行揖。

熊橫並未答話，對王行揖後，帶著怒容，快步走出朝廷；景翠見狀，也跟隨而出。

景翠此去，應是能夠完成使命，只是，秦國也不會坐視，面對可能的情形，大楚必須有所預防。

「臣敢再言，對秦接壤之防備，仍不可輕忽。」我作揖說道。

「不必憂心。寡人已遣景缺領軍駐紮，一旦有變，不致生亂。」王說道。

景缺爲人沉著持重，王的部署，讓我感到寬心，於是頷首入列。

「齊國之事，既已決定，就此散朝。」王說道。

群臣行揖而退，我在原地看著王的面容，不知為何，我的心竟有些怏然。
離開朝廷，乘上馬車返回官邸，途經眼見的街道，讓我憂悒的感覺，更加縈繞不去。
回到官邸，我走下馬車，欲返回住房；看見韓甯從廳堂門前，朝我走來。
「三閭大夫，今日朝中之事如何？」韓甯作揖。
「入廳堂一談？」我擺手示意。
「請。」
我和韓甯於廳堂內坐定後，繼續方才的對話。
「我建議大王，使質子於齊通和。」我說道。
「質子……太子不是從秦國逃回？如今大王會應允？」
「與秦講和決不可行，質子於齊，卻也是最後的辦法。」
「為人臣者，未逮之處，確實太多。」韓甯嘆息回道。
「也唯有恪守職責。」
這時，林暘走進廳堂，行揖說道：「三閭大夫，乘廣遣使來此。」
我轉頭看著韓甯，他顯然也感到同樣的困惑。
「請使者進來。」我說道。
「諾。」
林暘應聲而出，須臾，帶來一名身著乘廣戎裝的兵士，對我和韓甯行揖。
「乘廣之使，所為何事？」我說道。

「將軍請三閭大夫，速往乘廣一趟。」來使回道。

莊蹻此為何意？我直覺並非尋常之事，但是也毫無端緒。

「三閭大夫，我與你同往。」韓甯說道。

我頷首說道：「若如此，我且寬心。」

我和韓甯隨來使走出廳堂，在官邸門口等候；頃刻林嚴便驅車而來，我乘上馬車，韓甯和來使皆駕馬而行。

來使領路在前，韓甯則是跟在馬車右側，沿著道路行進。

「不知將軍用意如何？」韓甯神情凝重，「乘廣非有王命，不會輕易而動。」

「我亦此意。」我看著來使背影，「前去便明白。」

當馬車轉進前往王宮去路之時，我和韓甯相視而對，驚覺事態有異——四處可見乘廣將士馳騁奔走，猶如發生緊急之事。

乘廣之師如此動眾，莫非，會是王宮有紛亂？那麼大王，究竟身在何處？

但眼前來使，未有別的舉動，只是繼續策馬。

我讓林嚴疾趨於前，並行來使身旁，厲聲問道：「乘廣之師為何在此？王宮可有變故？」

「三閭大夫。」來使看著前方，「只要去見將軍，便會明白。」

「答話。」韓甯已至來使身旁，以劍指著他的後頸。

「大夫。」來使面不改容，仍是看著前方，「你應當知道，我們在乘廣承受嚴酷的訓練，會恐懼此劍？」

「也是。」韓甯將劍收回，「我顯然是輕視過去的自己。」

來使策馬而去，我讓林嚴跟上。只要見到莊蹻，便有答案。

繞過王宮，頃刻便來到飾虎營——名雖爲營，卻是一處官邸，乘廣之師實則駐紮於此地北方的城外，守衛郢都的安危。

我與韓甯隨著來使，走進官邸廳堂，只見莊蹻端坐於案後，看到我們到此，便要來使退下，並起身作揖。

「事出突然，有勞三閭大夫到此。」莊蹻說道。

我走到廳內中央，回揖說道：「乘廣將士於城中來回，敢問將軍，意欲何爲？」

「我以虎符，命乘廣之師，控制王都。」

聽聞此話，我啞然無言，莊蹻此舉，不就是叛亂？

莊蹻怎麼膽敢如此？就在王都？

韓甯走到我身旁，說道：「將軍，你該說明原因。」

「將軍，我以爲你剛毅爲國，不愧乘廣。」我抽劍出鞘，「如今你要叛亂，我不會讓你輕易離開此處。」

「三閭大夫，我要把楚國交給你。」莊蹻神情坦然。

「把大楚交給我？」

「今天，便是我不再猶豫的那一日。」

我突然明白，原來莊蹻正在實行，當時在市井離別之言；只是所謂的「假使」，卻是我最不願見到的局面。

「爲何如此？」我說道。

「大王把楚國帶到懸崖之上，已不適合引導這個國家。」

「即使如此，爲大王阻擋所有危險，仍是身爲人臣的責任。」

「我爲乘廣之將，爲了自己的責任，我可以撤兵，也可以興師。」

「終止這場叛亂。」我凝視莊蹻，「現在還能回頭。」

「三閭大夫，究竟是楚國重要？還是大王重要？」莊蹻也看著我，「就國祚之問，告訴我，你的回答。」

我……長久以來，都是聽從王命而行，王命就代表著大楚，但是，大楚假使不存在，王也就不存在……所以，我當然明白，何者重要。

可是，我眞的能因爲大楚，而在此刻捨棄王？

我知道，我若答應莊蹻，王會有什麼樣的終局，王又會如何看待我；而我，也將成爲《檮杌》之中所載，敗壞大楚朝綱的人。

我居然會在此刻有所動搖。

「將軍，如此詰問三閭大夫，是否太甚？」韓甯說道。

「你以爲太甚？」莊蹻走到我面前，「不能下定決心之人，有何器量籌劃一國之大事！」

莊蹻所言，並沒有錯。我違反不了自己的心思。

「我不能和大王，走不一樣的道路。」我還劍入鞘，「我只能繼續守護大楚。」

「將楚國交給你，不也是一種守護？」莊蹻說道。

「那並非人臣本分。」

「三閭大夫，我眞不明白你。」

「若將軍堅決孤行，我也不會苟全。」

莊蹻未答，只是嘆息而去，我看著他走到門前停下。

「我是不能繼續待在楚國。」莊蹻說道。

「與我入宮拜見大王，我願用性命保你，以求寬宥。」我走到莊蹻背後。

「我不會走回頭路。」

莊蹻說完，快步而出，我和韓甯跟去，只見他和眾多的乘廣將士，乘馬揚塵，那身影讓我想起屈匄——直往目標的身影。

後來，莊蹻解除對王都的控制，引軍而去，據聞有數千烝民跟隨；王對此深感灰心，卻也無力問罪，只能整頓內外，偏重眼前的大敵。

莊蹻招致的此次動亂，史官手裡的《檮杌》，稱之為「暴郢」——但並沒有一名王族受到傷害，也未有烝民被軍士欺凌；暴從何來？我和韓甯，知道朝廷如此宣示，相視沉默良久。

衷心

月明星稀，我未吩咐林嚴駕車，獨自走在安靜的王都城內，我的思緒其實相當不穩，因爲朝議所發生的事，讓我再也無法忍受；更不聽韓甯的勸阻，前往靳尙在薄暮時分，遣人來邀的會面，理由只是因爲靳尙說，他要告訴我一件我不知道的事。

我到達靳尙的官邸，門口已有僕從等候。在我表明來意之後，僕從便轉身領我進入，直達院落。來到院落，僕從安靜離開，留下我和靳尙。

我與靳尙相隔一點距離，對視無聲。眼看靳尙從容的神情，只讓我覺得他別有所圖。又過頃刻，依然是同樣的局面。

終究要有人打破沉默，於是我問道：「我已赴會，你想告訴我何事？」

「我可以現在說，也可以不要現在說。」靳尙不以爲意，「我只想先問你一個疑惑，一個我只想聽你說出答案的疑惑。」

「是何疑惑？」

「你爲何，要這麼竭智盡力保護楚國？」靳尙轉身，背對我。

「關於這個疑惑，我始終不會有別的答案，只因爲我是大楚的人臣，義不容辭。」

「楚國的人臣……人臣……看來，我們是一樣的。」

「我和你絕不可能會是一路人。」

「是因爲你完全不明白我的衷心。」

「衷心？我倒想問你，你爲何這麼想陷大王於死地？」

「我需要回答你？」

「否則我便無從明白，你所謂的衷心。」

「既然如此，我便回答你。豈止大王，我要毀壞的是整個楚國，我要楚國悉數殉葬。」

「悉數殉葬……無論是大王，或是楚國，你究竟意欲何爲？身爲大楚的人臣，破壞大楚的一切將來，便是你的忠誠？」

「我是羅子國的人！」

靳尙轉身放聲對我答道，眼中，有淚。

「羅子國……？」

我略微思索，想起這是武王在位時，被攻滅的國家。

「假使，你沒聽說過，我也不意外，畢竟它是一個被楚國消滅已久的國家。」靳尙用充滿恨意的眼神看我，「楚國攻破羅子國都城，將城內搶掠一空，把遺民強行遷徙到枝江。隔年，楚國王城從丹陽南下遷郢，再次發軍將遺民驅逐到汨羅附近，當然，又是一場掠奪。楚國所帶給羅子國的傷痛，太多太多。」

「原來如此……所以，你決心對大楚報仇？」

「你不知道羅子國遺民，是多麼痛恨楚國，日夜希望楚國能夠毀敗而亡。」

「我不是羅子國的人，我不知道。但我想，羅子國遺民對楚國的敵意，猶如我對秦國那樣深切。」

「確實如此。只是你就算明白，也無法制止我。」

「我也要你明白一件事。只要我還活著，絕不會讓你的圖謀得逞。」

「那我現在就告訴你。」靳尙冷笑，「明日朝議結束，你念茲在茲的大王，便要往武關而行。」

「爲何？今日朝廷，大王不是才在群臣面前，說要從長計議……」

「是有此事，但在我看來，大王目前也沒有更好的辦法，眞是悲哀。」

「必然是你唆使大王下如此決定。」我怒視而對。

「唆使聽來多侮辱，我只是建議而已。畢竟，是否親赴秦國的武關之約，決定之權，可是在大王的手上。我區區大夫，可以逼迫大王前去？三閭大夫，你太看重我。」

「你眞是心狠敗國。」

「我只是要讓楚國感受到跟羅子國一樣的苦痛。」靳尙走到我面前，「而你，是我完成這個目標最大的滯礙，但那已是曾經。目前的你，將來的你，都挽救不了即將毀敗的楚國。」

「你應當也明白……我是不會置身事外。」

說完此話，我轉身便走，即使背後傳來靳尙逐漸放肆的笑聲，我也不想再回頭爭論，我只想去找王，要他給我一個滿意的說明。否則，我無法原諒他的輕率。

踏出官邸大門，正當我轉身往左，想朝王宮而行，一匹黑色的駿馬橫攔去路，我莞爾以對。

「你爲何會在此處？」

「像你這般不會保護自己的人，我怕你又中靳尙的詭計而不自知。」韓甯搖頭答道。

「我是因爲比大王還要明白，所以才會奮不顧身去面對。」我邊說邊在韓甯的幫忙下坐上馬匹，「去王宮。」

「去王宮？」韓甯雖然不解，但還是駕馬往王宮而行。

「我有事情要問大王。」

「究竟何事？我看你的神色頗爲憂慮。」

「大王……明日將行武關。」

「爲何？跟你從朝議後回來轉述不同？看來事態危急。」

「所以我非去一趟。」

「我以爲你會勞而無功。」韓甯淡然回答。

我並未回話，也不知如何回答。抬頭看著夜空，只見飄來的浮雲，遮蔽皎潔的滿月。

頃刻，來到王宮外不遠處，我躍下馬匹。

「我不和你進去，便在此處等你。」韓甯說道。

我頷首，隨即走近宮門，原本佇立兩旁的守衛朝我走來，擋住去路。

「三閭大夫，敢問何事？」左邊侍衛恭敬問道。

「我有要事拜見大王。」

「令尹有令，今晚嚴禁眾人進入宮中。」

子蘭的命令？憑靳尚的面善心狠，我早該猜到會有這一步。

「令尹的命令，會比大王給我的權力重要？」

我從袖中取出脂白玉珮，拿給守衛看。

兩名守衛看見玉珮，相對無言。我想他們明白這玉珮有多大的分量——全楚國只有兩個，另外一個在王身上。

「考慮如何？」我問道。

我已沒有時間再等。

守衛依然無言，但各自退回崗位——顯然放行，我嘆息，走過大門，直往王宮。

行至半途，我遇到從前方走來的子蘭，我和他相隔數步停下，相視而對。

空氣似乎凝結，再冷一些，便會落下霜雪。

「爲何你會出現在此處？」子蘭神情怏然。

「你會意外？」。

「確實意外，此處不是你該來的地方。」

「因爲會破壞你陷大王於死地的陰謀？」

「陰謀？是靳尙告訴你？」

「這表示你承認？」

「爲了楚國的將來，大王不得不去。」

「楚國的將來？不得不去？」我逼近子蘭，「要是爲大楚的將來考慮，大王更不應該去！」

「不去的話，秦國必然兵臨城下，你不要破壞和談的機會。」

「那你又能保證，大王前去，秦國便會放棄用武力脅迫大楚？」

「我無法保證。但這是一個機會，假使想要掌握機會，就必須承擔危險，你別固執太甚。」

「固執？你知不知道，大王此去，最大的危險便是回不來！」

「秦國應當不會如此卑劣。何況，楚國仍有太子。」

「張儀之事可爲殷鑑，眾所皆知。秦國像餓狼一樣貪婪，如何談論？而你，究竟視大王性命爲何物！」

我異常憤懣，左手順勢扯住子蘭的衣襟。

「你可有想過楚國其餘人的性命？用大王的性命換來和談的機會，是不可多得的交易。」子蘭仰面，不作抗拒。

「如此推論，豈不虛妄！」我不能容忍，出拳攻擊，「何不建議大王舉國稱臣於秦！」

「這建議可是背叛宗廟。」子蘭冷笑，「三閭大夫，我是自重的人。」

「我不想再聽你囈語。」

我放開子蘭，子蘭並未回話，也無阻擋，讓我往王宮走去。

走過無數迴廊，來到王所在的王宮，最外層的宮門卻緊掩。兩旁列隊的守衛，像宮牆般面無表情。

我想，這亦是子蘭的安排。

我走到宮門前，問道：「宮門緊掩，是令尹的命令？」

一名守衛前來答道：「是的。」

「理由爲何？」

「令尹說：『大王心神不寧，嚴禁他人進入王宮。』」

我失笑，子蘭眞是爲所欲爲，我當然也知道，靳尚是罪魁。

「把門打開。」

我故技重施，拿出脂白玉珮。

「這……恕難從命。」守衛低頭答道。

「把門打開。」我加重語氣。

「三閭大夫，請留一條生路。」

答話的守衛突然跪下，其餘守衛見狀，也紛紛如此；像死囚即將問斬，保持沉默。

我感到不解，皺眉反問：「爲何如此？」

「令尹不但下令關閉宮門，更加一道命令。」守衛依然低頭，「令尹說……今晚宮門若是沒有他的允許，而擅自開啓，當值的守衛及其全家押赴刑場。」

守衛語畢，我憂悶不語。

爲了阻擋我去找王，子蘭竟發出如此狠毒的命令。

權衡再三，我不能爲難守衛，他們身不由己。至於王，明日清晨我再到王宮外等候，應當得以相見。

「請起，我自此離去。」

眾守衛先是遲疑看我，隨即起身；好像我應當更固執，才符合他們對我的聽說。

我轉身，以沉重的腳步離開。

心緒如痲，走到大門時，我看見子蘭。

我當作沒看見子蘭，逕自從他面前走過，同時看到韓甯仍在不遠處等待。

我眼看左邊的守衛，卻發現他的面容，已不是我來時，所看見的那模樣。

我回到子蘭面前，說道：「原本的守衛何在？」

「你既然會回到此地，必然明白，都已投入大牢。」子蘭冷眼以對。

「立刻釋放他們。」。

「怠忽職守的人，我會議罪處罰。」

「他們是因爲玉珮才放行。」我拿出脂白玉珮，想要表示守衛無辜，「你應當知道這玉珮是大王……」

我話未完，子蘭便奪去脂白玉珮，嘆氣說道：「是大王給你的權力，但你卻用以破壞法律的輕重。」

「假使我知道縲絏之災是他們的處罰，我不會執意而行。」

「爲時已晚。爲了讓你警惕，我決定如此。」

子蘭說完，把脂白玉珮用力投擲於地，我不及制止，脂白玉珮在我眼前，隨著鏗然的聲音碎成兩半。

子蘭像是感到滿意，冷笑轉身進入宮中。

我此刻的心，整個冰冷起來，癱軟在地，雙手顫抖撿起脂白玉珮。

「雖然我離你只有一些距離，但我還是不明白發生何事。」韓甯趕來，蹲在我面前。

「你看。」我把脂白玉珮放在掌中，捧起。

「是令尹所爲？」韓甯錯愕，指著脂白玉珮，「這不是你最珍重之物？」

「原來……如此不堪一擊。」

韓甯試圖將我扶起，但我渾身無力，雙腳完全不聽使喚。

我的思緒只想明白：眼前的事情是眞的？

我無由相信。這一切的發生如此突然。

王給我權力的象徵，我最珍重之物，成爲復原不了的往日？

我感到越來越昏，整個人傾靠在韓甯的臂膀上，眼瞼越來越沉……。

死灰

我在透牖而入的陽光裡醒來，想要起身，卻感到劇烈的頭痛，只好先撐起身體坐在榻床。

我在自己的榻床。昨晚我昏過去之後，便一直躺在此處？

我想是如此。

畢竟夜裡我不曾起來過，應當更確切的說——連眼睛都未睜開。

我記得我做夢，在我無法左右的夢裡，遇到王。不知是他入夢，還是我去找他？夢中的王，面貌熟悉，所謂的熟悉——是最初的莞爾。我接近他，他卻突然眉頭不展，顯露的意思像是要我別再靠近；我略微一頓，然後繼續接近，王見我如此，深重一嘆，隨即拂袖轉身，我快步上前拉住他，想要知道離去的原因，手裡握住的袍袖卻輕易分裂、斷絕……。

「三閭大夫，原來你已清醒。」韓甯推開房門，走到榻床旁，「昨晚，你昏倒於地，我不知所措，聽從守衛的建議，背你回來。」

「背我回來？」我搖頭，「從王宮到此處，你該知道有多遠。」

「當然。但如此情形，用馬馱你回來，並不適合。火速請醫師診切，所幸無事。」

「感謝相助。」

「還你，你的玉珮。」

韓甯從懷裡拿出破碎的脂白玉珮，我伸出右手接過；一左一右，一隻火鳳。

眼看不復當初的火鳳，我試圖控制又猛烈起伏的心緒，卻從中意識到有件事非常重要，且迫在眉睫。

「目前何時？」我忍住頭疼起身，坐在床邊穿著革靴。

「朝議應當將結束。」

「我竟昏倒至此才醒。」

我不及整理儀容，倉卒示意韓甯往門外走。

「且慢，欲往何處？」

走到房門外，我停下腳步，略微不解，答道：「當然是去朝廷。」

韓甯聞言，頷首答道：「既然如此，馬車不夠迅速，我去牽馬。」

看著韓甯轉身，前去馬廄的背影，我突然深信，我們能是終生的知交。

頃刻，韓甯牽馬而來，走出大門，先後乘上馬匹，直往王宮。

雖然我沒有明說，但韓甯好像早已猜到我的心意，一離開官邸，就在熙攘的街道，鞭策馬匹以最快的速度奔赴，讓我感到險象環生。

「可以不必如此。」我出聲要韓甯注意。

馬依然奔馳，韓甯並未回話，雙手純熟駕著轡繩，閃過一名挑菜走過的販夫；販夫見此情形，舉動不穩，險些失足。

「韓甯！」

「你只要擔憂你的大王。」

韓甯此話，以山嶽之重，落在心上，他所言甚是，長久以來，我都如此自私。

眼裡只有王的存在。

所謂的執迷不悟，也是自己選擇。那我還能抱怨王一意孤行？因為就連我，也一意孤行，在奔逐理想的道路。

「如你所言。」我低聲。

「你不必對我感到羞愧。我明白你的舉動，皆是為了楚國。」

「這始終是我的事，卻讓你……」

我話未完，韓甯勒馬停下。我眼看前方，原來已到達朝廷。

「始終都是你的事，但我並不後悔參與。因為我在你身上看見將來。」

將來？被失望圍困的人，可以討論將來？

「我能被如此相信？」

「能給你答案的人，始終不是我。」

不待我整理心緒，只聽到前方有人急急喊道：「三閭大夫！你為何此時才來？」

我定神眼看來人，是大夫昭睢。

「我自知錯過朝議。」我略微一頓，「大王已回王宮？」

「回王宮？」昭睢快步來到馬旁，「依我看，大王即將淪為秦國之囚！」

「莫非大王……」

我不願承認最壞的情形。從未想過，最壞的情形，發生竟是如此迅速。

「大王領隊往北門而去。」昭睢嘆息不已，「雖然，昭般不容於你，但在我眼中，三閭大夫，你是楚國唯一可能制止大王赴會的人……」

「哼。」韓甯冷笑，「三閭大夫，坐穩。」

我還沒會意，韓甯拉起轡繩，雙腿往馬肚一夾，策馬往左方奔馳而去；我回頭看著後方的昭睢，只見他深揖，宛若石像立在原處。

韓甯抄路而行，趕在衛隊之前到達北門。我躍下馬匹，站在道路中間等候，等著大楚最剛愎的大王到來。

頃刻，衛隊來到北門，我看見王的馬車在後方，但讓我感到意外的是，率領衛隊的人竟是靳尙。

靳尙當然也看見我，便縱馬到我面前，說道：「三閭大夫，讓道，別遲誤大王赴會武關的時辰。」

眼看靳尙勢在必行的神色，我沉著回答：「大王不可前去。」

「你眞以爲你能阻擋？」

我不理會靳尙，逕自往座車走去，只行幾步，子蘭便駕馬而來，擋住去路。

「三閭大夫，認清局勢。」子蘭擺手，隊伍中隨即走出四名侍衛，打算將我帶離此處。

我一急，放聲喊道：「大王！」

子蘭聞言，說道：「把三閭大夫帶走！」

韓甯驟馬到我身邊，抽出佩劍，喝道：「不准再接近！」

眾侍衛見狀，立刻集結成護衛的陣勢，與我們對峙。

這時，逢逸駕馬而來，說道：「大王令列位，都來聽候。」

韓甯聽到後，將劍收回，靳尙和子蘭則是並轡往馬車而去，我亦如此。

來到馬車旁，王先是看我一眼，然後轉頭緩緩問道：「爲何停滯不前？」

「三閭大夫從中阻擋。」靳尙答道。

我上前說道：「聽聞大王今日赴秦之會，我深感憂慮，所以在此規諫。」

王看著我，說道：「有何憂慮，讓你擋住寡人去路？」

「秦國，是像虎狼一樣的國家，不能信任，不如不去。」我凝視王。

子蘭隨即進言：「大王，爲何要斷絕與秦國的友好？」

我還想勸告，只見王嘆息，擺手說道：「寡人心意已決，三閭大夫不必再說。全隊立刻往武關進發。」

「諾。」靳尙策馬，往衛隊前方而去，「繼續前進！」

衛隊開赴而行，我站在原處，看著王的馬車，離開城門，越來越遠，越來，越遠。

王，始終沒有回頭。而我帶著遺憾，回頭，往官邸的方位走去。

韓甯駕馬到我左邊，陪我行走，並未開口。此時雖然沉默，卻有哀痛之感。

「你所言甚是。」我自知眼中有淚。

「我明白。」

「我爲王所做之事，全是勞而無功。」

「你已盡責。」

「我非常不明白。」我停下腳步，轉頭看著韓甯，「何人對我負責？」

「並無此人。」

「那我負責有何意義？」

「你原來就不必對誰負責，要負責的，只有自己的心。」

「自己的心？」我好像明白，卻也不是，「所以……王對我無心？」

韓甯頷首，躍下馬匹，牽馬行於前方。雖不明白，但我還是跟上，一時不去想任何事。

這時，昭雎朝我們而來，又行數步，便不再往前，閉起雙眼搖頭，我想是因爲看見我身後空蕩的北門。

我走到昭雎面前，說道：「大夫，我並未說服大王。」

「事已至此。」昭雎擺手，「讓我們陷入泥淖而灰心的人，是大王。三閭大夫，你不必引咎自責。」

「大夫，我能否問你一個疑惑？」

「有何疑惑？」

「大楚的將來……會是如何？」

「我以爲，你了然於心。」昭雎莞爾，卻黯淡無光。

「國有將傾之危，臣無救扶之力。」我輕聲答道。

「你有何考慮？」

「只能等待，大王平安歸來。」

昭雎搖頭，轉身便走，又停下腳步，說道：「三閭大夫，大王，能否歸來？」

「大王此去未知，我們身爲人臣，只能在此等待。」

「你顯然知道，大王此去，凶險之甚。」昭雎回身，舉起左手指我，有些發怒，「爲何，還要說似是而非的話？欺謾我？欺謾你自己？欺謾楚國？」

我確實不知王能否平安，只能無言以對，總括承受昭睢的抱怨。

沉默良久的韓甯，忽然說道：「大夫，恕鄙人直言，關於楚國，你不是也把期待放在三閭大夫身上？」

昭睢眼見韓甯開口，略微一頓，隨即反問：「你是何人？」

「我是何人並不重要，重要的是，大夫將自己對大王的灰心，恣意加諸三閭大夫，對三閭大夫而言，並不公平。」

「韓甯。」我搖頭示意。

韓甯走到我面前，擋住我和昭睢交會的視線，繼續說道：「大夫，在你詰問三閭大夫之前，先問自己，爲楚國將來有何用心？」

「你……」昭睢無話可答，「豎子！」

韓甯見狀，說道：「假使堂堂大夫，也只有如此器度，三閭大夫眞是悲哀至極！」

「韓甯。」我走到韓甯面前，看著他，「到此爲止。」

「到此爲止？」韓甯逼視我，「你一切責任都想自己肩負，是你該負的話，那便無妨；可是連別人的惡意，你也要承擔？」

此刻，我竟無片言，回答韓甯。

「我深切以爲，你跟大王一樣愚昧不堪。」

韓甯憤懣地跨上馬匹，絕塵而去，留我跟昭睢在原處。

「大夫，關於他的失禮，尙祈見諒。」我作揖以對，「但我不以爲他有說錯何話。」

昭睢神色依然凝重，回道：「三閭大夫，你也指責我的不是？」

「請你保重。」

我快步走過昭雎的身邊，略微擦過袍袖，容忍心中的悲傷，離開。

卜居

王到達武關後，就被伏兵阻斷退路，衛隊全被殲滅——至於子蘭和靳尙，早在未離楚國境內之時，就以維持朝政爲由，返回王都。

據聞，秦王根本不在武關，等待王的，只有刀劍加頸的脅迫，和俘囚的恥辱。

王被挾持到秦國咸陽，秦王威脅割地，王方能返楚，但王始終沒有接受，即使是假意以對，也未曾有。

消息傳回王都，而國不能一日無王，朝廷遂從齊國迎回熊橫，立爲新王。

而後，韓魏兩國聯軍，攻秦至函谷關。王見機逃脫，秦國立刻封鎖境內所有南下要道，王只能從小路逃入趙國，趙國卻不敢得罪於秦，未能收留；王再逃往魏國，卻在半途被秦軍抓回咸陽。

而我，因昔日在朝廷得罪於熊橫，被新王之令逐出朝廷，流放到漢水一帶，韓甯也自願與我同往。

我遣散林氏兄弟，淚眼以謝。

經年一別，竟是三年。讓我寄託一切理想的王，我持續等候的王，最終，客死咸陽。

今日，從秦楚邊境，由乘廣之師迎回的靈柩，進入王都。

我和韓甯站在北門的城牆上，望著夾道悲哭的烝民，回想起過去跟王的種種是非，如雪花片片，逐漸寒冷我的心，又想到已是天人永隔，終於無法容忍，潸然淚下。

「大王……烝民視你如親，哀痛非常，以淚撫慰你的枉死，你一生究竟何爲……」

「昏庸之君。」韓甯說道。

「昏庸之君……」我只能苦笑。

「爲何烝民不會怨懟？」

「烝民知道，始作俑者是秦國，大王只是一時不察，眞正的仇敵始終是秦國。」

「還有楚國內部。」

「朝廷不明，非一日之過，我爲人臣，深感羞愧。」

「目前的楚王、令尹，都未出城迎靈，就該知道他們的心，在意的是如何掌握大權，發號施令。」

「那我該如何？」

「我們分頭行事，把民心和乘廣鼓動起來，然後直入朝廷，拘禁他們；另立一個新的楚王，獨攬大權，改革腐敗的內政，再聯合其他國家共同破秦。」

「你要我反叛？若如此，早在莊蹻之時，便可行之。」

「當年莊蹻之事，說反叛也不全然；楚國的旗幟並未更換，莊蹻只是要讓楚國重生。」韓甯凝視我，「但往者已矣，作爲是留給後世去評斷，是否行動才是你此刻能掌握之事。」

「那麼你以爲，王會願意見到這一切？他會支持我的決定？」

「假使還有所疑問，表示你的決心不夠。」

「因爲此非小事，稍有差錯，足以動搖國本。」

「楚人信鬼崇巫之風極盛，是否借問鬼神？」

「你比我更明白解惑的可能。」

「是你太過執迷。」韓甯莞爾，「也可能是你已知答案，而不想用另一種方式證明。」

「我也不知道。」

「那就去見太卜。」

我頷首以對，隨即轉身，和韓甯走下城牆。

看見街道擁擠得沒有縫隙，我與韓甯走往小巷，卻遇見一位頭戴火紅幘巾的青年，那青年見到我們，先是一愣，說道：「三閭大夫，認得我否？」

我搖頭答道：「記認不如從前。」

「當年我和三閭大夫，與乘廣將軍，在市井有一面之談。」

「原來你是那位少年，久別。」我行揖說道。

「三閭大夫此次歸來，表示楚國仍未絕望。」青年回揖。

「多年未歸，不忍見到國事艱難，我盡力而爲。」

這時，許多烝民漸漸圍攏過來，一個個長跪在地，讓我和韓甯相覷以對。

「各位，這是何意？快快請起，我無能承擔。」我想扶起眼前的老者，他卻不願起身。

「三閭大夫！請拯救楚國！只有你能擔此重責……」老者悲慟不已，「你絕不能坐視不理……」

「我……」

青年見我欲說還休，說道：「三閭大夫！不論你如何拯救楚國，我們都願意跟隨！」

此言一出，附和之聲四起：「攻入咸陽！」、「把秦王拖來郢都大牢！」、「絕不能讓卑鄙的秦國繼續欺侮楚國！」、「三閭大夫，目前只有你可以帶領我們突破困境！」諸如此言。

「對於大楚的國恨，我不會袖手旁觀，我會給你們答覆。」我望著周圍的人群，「如今我必須進宮一趟，相煩各位讓道。」

眾人一聽，便往兩旁退後讓路，我神色凝重，朝眾人行揖後，便和韓甯朝王宮而去。

離開群情激憤的烝民，快步來到依舊赤紅瑰麗的王宮。進入宮門，放眼內庭交錯曲折的長廊，對照我此刻的處境，竟是如此貼切，但我知道，眼前的歧路並不能迷惑我，因為我明白，只有一條才是通往心中答案的路。

雖然沒時間多作感傷，我還是在踟躕後，才和韓甯並肩往左側轉去，我們行走數步，身後傳來一聲呼喚：「三閭大夫？」

我跟韓甯停下腳步，但我並沒有回顧，因為我太明白，來者何人——靳尚。

韓甯聞言，轉身說道：「大夫，久別。」

「韓甯，韓國大亂，你還在楚國？」靳尚走到面前，「你還真是稱職的僕從。」

「韓國發生何事，都與我無關。」

「真是不忠之人。」

「我以為你也是。」我不再看靳尚任何一眼，從旁而行。

就在我經過靳尚身邊的同時，他伸出右手攔路，說道：「且慢，三閭大夫，你還未回答。」

「我去何處，無可奉告。大夫，你還是先和大王，妥善處理先王的後事，還有撫平滿城悲痛的民心。」

「不用你擔憂。」

我沉默以對，撥開靳尚的手，頭也不回，和韓甯快步離開。

經過無數迴廊，來到太卜所在的靈鳳宮。踏進宮裡，廣場中央地上躺著的，依舊是巨大且雕工精細的火鳳刻石。我平靜走到刻石旁蹲下，順著輪廓摸著火鳳之首，猶如在對久別的親友致意；然而我更想問，為何此刻的火鳳在我眼裡，像是頹靡不振？

「濁世之中的火鳳，還能奮飛？」韓甯略帶感傷。

「這就是引領我們來此的疑惑。」

我起身前行，推開門戶，直入廳內。只見太卜鄭華端坐於案桌前，神色和藹看我，好像早已預料我的到來。此刻的安靜，像一朵花順從一陣風，緩緩掉落，而與四周無關。

「太卜，有擾。」我走到案前，作揖施禮。

「三閭大夫，無妨，你是早該至此。」鄭華莞爾。

我回頭看著韓甯，韓甯也看我，隨即頷首表示會意，對鄭華作揖後便轉身退出，隨著門戶輕輕掩上，我也入座。

「我有疑問，想請太卜決定，以安本心。」我亦莞爾。

鄭華聽完，動手把案桌上的蓍草整好，拂拭龜甲，愼重問道：「有何見教？」

「我，寧可誠懇純厚而忠貞？還是隨俗周旋，巧言媚世不至於窮困？寧可翦除茅草而盡力耕作？還是伴隨有地位的權貴，藉以成名？寧可說話正直而危害自己？還是順從求取富貴，以歡愉此生？寧可離世隱居而保存天眞？還是徘徊不前，強顏歡笑？寧可廉潔正直而維持清白？還是圓滑柔軟像油脂和柔韋，用來潤潔楹柱？寧可高昂地像日行千里的良駒？還是要像浮蕩的野鴨，順波上下保全身軀？寧可和騏驥並駕齊驅？還是要隨著駑馬的腳步？寧可和黃鵠比翼而飛？還是與雞鴨爭奪食物？」我的眼中泛滿淚水，「究竟何者是吉祥？何者是咎凶？何者該放棄？何者該遵從？這個世道混濁不清，承認蟬翼爲重，反說千鈞爲輕；黃鐘被毀壞拋棄，瓦釜卻發出雷聲般的鳴動；讒人地位崇高顯貴，賢士卻沒沒無名。我更悲嘆世道的沉默，何人知道我的廉潔忠貞？」

只見鄭華放下手裡的蓍草，苦笑以對，回道：「你知道，尺長於寸，但是當一尺還不夠的時候，就算短；寸短於尺，但是當一寸已經有餘的時候，就算長。一切事物都有欠缺的地方，人的智慧也有不能明白的道理。命運有時不一定能把握，神靈也有不能通曉的時候，占卜確實無法解決你提出的疑惑。」

「操之在己……對否？」我拭去臉龐上的眼淚，「深謝太卜。」

「何必言謝？無法解開你的困惑，我感到羞慚。」

「太卜不必慚愧，你的回答，已讓我明白自己的道路。」

「如此甚好……」

我起身告辭，鄭華也起身。

「不勞太卜送我。」我擺手說道。

鄭華聞言，頷首回道：「三閭大夫，用你的心，行你的意，請你多加保重。」

我推開門戶，面對從雲翳透出的陽光，我深深呼出一口氣，轉身作揖，然後輕輕掩上，和韓甯走出靈鳳宮。

在離開王宮的路上，我保持沉默。

「占卜如何？」韓甯問道。

「『用你的心，行你的意。』你以爲如何？」我答道。

「我的回答不變。」韓甯拿起佩劍，「我會支持你。」

這時，只見靳尙領著眾侍衛，迎面而來。

「別輕舉妄動。」我擋在韓甯前方，舉起左手阻攔。

「三閭大夫，大王命你入宮。」靳尙看我，「你應該不會拒絕？」

「假使我不去，該當如何？」我冷眼以對。

「大王說：『寡人有要事須當面對質，若屈平膽敢不從，』靳尙轉頭看著眾侍衛，「『就原處格殺。』」

「大王眞如此下令？」

靳尙冷笑數聲，說道：「你想知道劍是否鋒利，我不反對。」

「你別欺人太甚！」韓甯將劍出鞘。

眾侍衛也抽劍而出，劍鋒直指我們。

「韓甯，住手！我們無須在此送死。」我回頭凝視韓甯，「大夫，我和你去見大王。」

「三閭大夫通達。」靳尙說道。

韓甯收劍入鞘，我明白他壓抑滿懷怒火；我也知道是因為他明白，此刻我們並無更好的選擇，只能並肩，跟在靳尙後方往朝廷走去。

再謫

由於事不關韓甯，我便安排他在大門外等候，獨自跟著靳尙走在久別的石階；進入朝廷後，群臣分列兩旁，熊橫神色不悅，坐在北面，子蘭侍立於側。

我坦然向前，對熊橫作揖，說道：「罪臣屈平拜見大王。」

「來得正好。」熊橫的眼神充滿敵意，「屈平，寡人聽說，烝民很擁護你？甚至願意跟隨你捍衛楚國？可有此事？」

「大王，實情是……」

不待我解釋，子蘭便指著我說道：「實情是三閭大夫，意欲顚覆楚國。」

「令尹，看你瞭如指掌，是私心使然？」我怒視子蘭。

子蘭揮袖答道：「不必多言！大夫靳尙說你在街道煽動民心，又去靈鳳宮，有何陰謀？」。

「我在安撫民心，不敢有別的念頭。至於前去靈鳳宮，只是釐清心中疑惑，倘若大王不信，可召太卜到此一問。」我轉身看著右方的靳尙，「大夫，你可眞會顚倒是非。」

「住口！寡人終於看清你是如何之人！」熊橫擰眉瞪眼，「驕矜狂妄、嫉賢妒能，寡人亦不在你眼中。」

我聽完，百感交集，熊橫決定偏袒子蘭一方，不會將我的話放在心上；既然如此，我不如藉此機會，言無不盡。

我做好心中準備後，便往前走，看著熊橫——從前的太子，如今的楚王——嚴肅說道：「大王，臣聽說，君王無論是聰慧還是愚昧，精明還是拙劣，都沒有不想尋求忠臣爲自己效命、選拔賢能來輔助自己。但是，國破家亡接連發生，聖明的君王、興旺的國家並沒有代代都出現，就是因爲那些君王所認定的忠臣其實不忠，所選擇的賢臣並非賢才。」

「屈平！你是在說寡人昏昧？」熊橫怒叱。

「臣痛恨的是，令尹和大夫靳尙，格外是令尹。」我瞪視子蘭，「令尹根本不該勸先王入秦，以致先王冤死秦國。如今更不該慫恿大王對秦國屈膝請和，忘卻先王之仇！」

「你仔細看此簡牘！」熊橫從案上拿起簡牘，朝我擲來，「是秦王遣使送來！」

我撿起簡牘，解去麻繩展開，邊看邊讀：「近來，寡人命左庶長率軍攻打伊闕之地，大破魏韓聯軍，生擒魏將公孫喜，斬敵首二十四萬，更趁勢攻陷五城，魏韓兩國莫不膽寒。如今，寡人想把楚國背叛秦國的仇怨，做一結束，準備率領諸侯討伐楚國，決一勝負。願你整頓士卒，痛快與寡人一戰。」

「大敵當前，敢問三閭大夫，有何高見？」子蘭說道。

「整頓各處關隘，強化王都的武裝，藉先王之仇鼓舞軍民，正所謂『抗兵相加，哀者勝矣。』……」

「三閭大夫此話，比墨家九禦還會堅守。」子蘭冷笑，「恐怕只是臨渴掘井。」

「令尹既有此自覺，爲何日日讓大王沉迷聲色犬馬？導致大楚情勢危急！」

「猖狂妄行！」熊橫怒不可遏，「屈平！你如此目中無人，莫怪寡人責罰！命你即刻離開郢都，東流南地，終生不得返回！」

又是放逐？我略微一頓，但尋思在朝或野，好像都一樣，也就坦然接受，回道：「罪臣領命。」

我先對熊橫深揖，然後抬頭看著子蘭，再看靳尙，便轉身而去。

步出朝廷，一個人走下石階，我想起多年前，第一次在此處見到張儀的時候，也是如此孤獨。而今，人事已非，王的位置有熊橫繼承，始終支持我的陳軫，早已出走入齊，無人敢爲我發一言。朝中不變的是，子蘭和靳尙的敗壞朝綱，還有我的傷心。

腳步蹣跚走到大門，看見韓甯正坐於地，遠望天空；當我走過去時，韓甯轉頭看到我，便起身而迎。

「發生何事？」韓甯蹙眉。

「我被流放到更遠之處。」我淡然以對。

「爲何？那些昏君讒臣！」韓甯氣憤難平，「我不如以身相殺。」

「韓甯。」我搖頭制止，「你如此做，我們必定會死，我的理想就不會實現。」

「三閭大夫，你懼怕死亡？」

「我並不懼怕，但意氣用事，死在他們手上，或是同歸於盡，對大楚的將來沒有助益。何況我只是流放，來日方長，人還活著，事情就有平反的可能。」

韓甯並未答話，只是看我。

我繼續說道：「尋思我說的話，有無道理。」

韓甯頷首，答道：「當初我離開乘廣，隨侍至今，非常明白你對楚國之忠甚深。」

「只是我被放逐更遠的南方，別再跟隨我……我得知韓國新敗，朝廷恐慌。所以，你還是早點動身回韓，去盡身爲王族的責任。」

「我對韓國早已失去希望，否則也不會來到楚國。」韓甯莞爾，「三閭大夫，你要是在南方有何不測，我會後悔不已。」

「既然如此，容我深謝。」

我和韓甯離開朝廷，走出大門，往驛傳而去，意欲領回韓甯的駿馬，行至半途，左右圍來許多烝民——是入宮前攔下我的那些烝民。

「三閭大夫，大王和令尹，有何說法？」依然是那位老者起頭。

我還沒回答，靳尚的聲音就自後方傳來：「三閭大夫，你為何遲滯？此處已不是你可以待的地方。」

我和韓甯以及在場的烝民，目光全都放在靳尚身上——只見他帶來一隊侍衛，全然盛氣。

那名頭戴火紅幘巾的青年，走到我身旁，高聲問道：「大人，你的話有何用意？」

「有何用意？」靳尚往前幾步，指著我，「三閭大夫在朝廷，出言不遜，斥責令尹和大王。幸好大王憐恤三閭大夫，曾為先王出謀劃策，未加死罪；但下令三閭大夫，即刻離開王都，東流南地，終生不得返回。」

靳尚話音剛落，烝民紛紛朝前，情緒洶湧：「大王為何如此！」、「最該被流放的人是令尹！」、「要陷害三閭大夫到何時？」、「朝廷是非不分？」、「不論先王或是大王，都不明白三閭大夫！」諸如此言。

靳尚見勢有變，退到衛隊後方，怒道：「三閭大夫！你果然意欲顛覆！」

面對誣陷，我並無多少感受，回道：「非我有所圖謀，這是大楚烝民的心聲。」

「還想詭辯！」靳尚指揮衛隊，「將這些愚民拿下！以叛亂之罪，押赴廷理論處！」

烝民一聽要押送廷理，先是沉默，隨即激憤不已，而衛隊已圍住眾人。

「大夫！你放過他們！」我不能坐視，「有何虛構罪名就對我來，無須傷及無辜。」

「虛構？我說的可是實情。」靳尚冷笑。

「你身爲大夫，不可能不明白大楚國典的定義。」我冷眼以對，「『法刑在民心而藏在王府。』假使你執意妄加罪名，何以取信於民？將來承受禍患的，是這個國家。」

「無妨，就當成爲你送行。」靳尙看我，「我可以放過他們。」

烝民的安危總算解除，我作揖回道：「大夫寬容。」

「但是，你快離開王都，你纍纍若喪家之狗。」

靳尙說完，領著衛隊離去。

直到靳尙等人離開視線，韓甯才忿恚說道：「三閭大夫，爲何如此？竟讓他如此猖狂？」

「若我不如此，靳尙必然傷人，他痛恨之人始終是我，我只要退讓一些，滿足他的驕矜，就能救這些烝民，有何不對？」

「可是……」韓甯皺眉，「你說的總是切合情理。」

「可惜我說服不了那些人。」

我轉身，和烝民互相凝視，竟是沉默以對。

我和韓甯頭也不回，直往驛傳的方位而行，因爲烝民正流著眼淚，無聲送我們遠去——我不知如何面對這些比我果敢非常的人，他們擁有的靈魂，是多麼美好，是多麼堅強，就像守護大楚的火鳳，那般鮮明而令人深刻，我卻無法爲他們做些什麼。

流離

自從被熊橫徹底逐出流放後，我和韓甯抵達更南之地，即使地處僻陋，但卻相當符合我的心境，加上縣尹雖負監管之責，並未過問，便相安無事。

一待就是多年，朝中從未有人探問；我的心，也已如草木之零落。

韓甯知我雖未明言，但仍憂慮國事，便時常前往郢都，潛入乘廣以探聽。只是帶回的消息，從未有一件好事。

國事日非，對於秦國的蠻橫，朝廷只是不斷退讓，俯首聽命；我竭智無門，只能著文，以抒胸臆之鬱悶。

後來，聽聞秦將司馬錯統率大軍，攻入楚境，朝廷許以割地，方始退軍。但秦國君臣依然狡詐，割地議和不到三月，又命白起領倍於司馬錯之秦軍，進逼郢都；熊橫無能亦無奈，白起未至，便先東遷陳城，烝民離散相失，餓莩於野。

一日之始的晨曦方露，照在背上。我和韓甯依舊馬不停蹄，趕回郢都。

眼看郢都所在的北方，不斷有濃煙沖天，我知道，一切都爲時已晚，一切都是如此接近，卻又那麼遙遠。明知馬的體力已達極限，但我還是策鞭而行，希望能再快一點。

我非常想頃刻之間便能到達。

韓甯也跟上，側身伸出手拉住我的轡繩，試圖減緩速度，對我說道：「放慢，我不是不明白你心急如焚，但再這樣奔馳，馬會不支倒地。」

「我一刻都不想失去。」

我倔強回答，並搖頭示意韓甯放手。

韓甯嘆息不已，只能鬆開轠繩，我隨即縱馬而去。

我知道韓甯非常擔憂，怕我因爲郢都的失陷，而忘卻處境其實危險至極，但我眞的無法壓抑，此刻混亂的心情。

又策鞭數下，在我蹙眉大楚未來的時候，我的馬突然失蹄，往前撲地，我也因此順勢而倒。

馬倒於一旁嘶鳴不止，我的心，好像也隨之破碎。

韓甯勒馬停在我身旁，下馬將我扶起，問道：「有無受傷？」

「無妨。」我知道身上有幾處挫傷，但比起我的心，這一點都不痛。

「前蹄皆折，看來已不能行動。」韓甯蹲在我的馬旁說道。

「如何是好？」

韓甯默然抽劍，刺進馬的心臟。

韓甯以鬃拭去劍上的血，說道：「只能共乘。」

我頷首，乘馬之後，而韓甯握著轠繩，駕馬繼續往郢都而行；在我們將近郢都的時候，韓甯策馬轉往右方，馳往適合用來窺探都城的滿木山。

在通往山頂的途中，韓甯有意放慢馬的速度，而我遠遠望去，視線模糊，一切都看不明白。

須臾，便到山頂，我先下馬，韓甯隨後將馬綁在一棵樹下，接著和我一起俯瞰，被白起的秦軍攻破的郢都——火光衝天，升騰的火焰，像無數飛舞的蟠龍，在猶如鱗次的屋脊上肆虐，吐著火舌，吞噬一木一瓦。這是我生平首次目睹如此城破險象，只能掩面失色。

「這便是國與國之間的定律。敗者，任人宰割。」韓甯說道。

聽到此話，我想起靳尙。還有，那個我不認識的羅子國。

那時候的羅子國國都，也像眼前衰弱不堪的郢都？目前燒殺擄掠的秦軍，也是那時候楚國大軍的現實？

想到此處，我以爲我跟靳尙一樣，都非常自私，也都……非常可憐。

但我終究不瞭解靳尙。

究竟是我不願面對他，還是他先排斥我？

或者，我和他之間始終不會有所交集？

可是我爲何，會湧現與他相同的感受？

「溥天之下，莫非王土；率土之濱，莫非王臣。秦王既有意一統天下，如此征戰殺伐，能得到臣民之心？」我說道。

「秦王不會在意。行大事者，不拘小節。」

「攸關性命之事，可謂小節？秦王視之爲草芥，將來必亡於此。」

「懷王不失民心，其國存亡只在旦夕；秦王有失民心，其勢統一六國之版圖。這王道之行，果然非我所能明白。」

「所言甚是。」我頷首以對。

此時，眼前的火光，更加猛烈。我也看見遠處秦軍，蜂擁而來，想來應是秦國將帥正軍抵達，聲勢浩大。

「若是我攻入咸陽，絕不會讓眼前重現。」我哀嘆，「廣大的都城，恢復繁榮要耗費何時？最後費財勞民的，還不是國家的根基？」

「還妄想攻入咸陽？我們從江南之地返回於此，已屬凶險，再待下去會被發現。」韓甯轉身，往馬那裡走去。

「能走到何處？」

「什麼？」韓甯回頭。

「我問你，能走到何處？」

「如你那時對曹筑所言，天下之大，何處不能容身？活著，是亂世中的奢侈。」

「曹筑遠走，我到目前還是不明白。」

「但也無須明白。我以為，每個人都有自己的困境，還有道路要走。」

「我明白這個道理，只是，每當尋思，還是感傷不已。」

「所以，那你以為，能走到何處？」

「心假使在原處死去，即使此生走得再遠，也是虛無。」

「所以你的心，已死在此處？」

「我不確定，但有一種難以言喻的苦痛。」

「何必留戀？函谷關以東之六國，短視近利，忤逆改革求強的洪流，就應當被新時代吞沒，秦國統一天下之勢，實爲必然。」

「我不得不留戀，因爲此處，是我曾經付出心血的國家。」

韓甯頷首，回答：「我知道那些心血，都成爲你的死心。但此處已不是久待之地，我們快離開。」

和韓甯乘上馬匹，我遠望郢都最後一眼，然後頷首，示意韓甯離開；韓甯見我如此，只是搖頭，像是在可憐我的執著，隨即揚鞭駕馬而去。

頃刻，奔離滿木山，韓甯朝東而行，此時在我們面前，出現三伍黑色武裝的士卒攔住去路——是秦國軍隊，我暗自驚愕，韓甯卻未多說，只是一味加鞭，試圖突破困境。

「停下！」秦國軍官乘馬，橫矛喝道。

其餘士卒手中的長劍或弓箭，也對準我們。

「不想送命就讓道！」韓甯也怒喝。

我還沒反應，韓甯便抽出我腰際的劍，在衝突的同時，迅速刺進右方秦卒的咽喉，將其擊倒。

韓甯此舉，顯然並未發生嚇阻之效，秦國士卒的陣勢，比想像中還要迅速有序，紛紛攻來。

看著左右兩方衝來的秦卒，我感到不知所措。

「屈平！俯身！」韓甯驚道。

或許是出自於求生的本能，一聽到韓甯的警告，我很快前傾貼在馬上，抬頭卻看見數枝利箭，從我上方往後飛去。

我起身轉頭，卻發現兩枝流矢，已射進韓甯的右脅。

韓甯痛苦看我，咬牙渾身顫抖，說道：「韁繩……」

韓甯又持劍殺死一名秦卒，我握起韁繩，用力駕馬，直衝撞倒前方的秦卒，突破包圍而去。

「韓甯，你不能倒下……」我不敢回頭看他。

「無妨……快逃……」

朝向東方奔逃良久，直到我以為安全，才在一棵樹下停留。下馬要扶持韓甯時，我才驚覺，原來，韓甯早在逃亡時，就已先把鍛矢拔出，並棄之於途。

韓甯勉強從馬而下，倚於樹旁，苦笑說道：「我已無法再陪你流放，陪你面對狂瀾……」

「勿說喪氣之話……」

我安撫韓甯，但也只能認清現實——荒郊野外去何處求醫？縱然有醫，以目前的狀況，也是為時已晚。

「早已不是意志的原因，自己的身體我明白……三閭大夫，你快走，秦軍必會趕來……」

「我不能拋下你在此處等死。」我搖頭。

「我有劍。」韓甯左手將劍舉起，神色坦然，「我不會讓你為難。」

「你……」我強忍淚水，「此命為你所救，我卻力不從心……」

「只要你能夠無恙，我的性命便有意義。我一死，你就逃離，越遠越安全，絕不要被秦軍抓住。」

我已不知如何回答，只能頷首，答應這唯一能夠回報韓甯為我捨身之事。

「韓人有方……其志昂揚，一朝死士……天地可傷。」

韓甯緩緩吟詠，隨後用盡剩餘的力氣，揮劍自刎。

眼看韓甯赴死而去，我難以承受，伏在韓甯的腿上，放聲痛哭。

爲何，我無法保護身邊的人？面對失去，還是只能無可奈何？

我跪在地上，從韓甯還溫熱的手裡，拿走劍，用他的袍袖拭去劍身的鮮血，收入劍鞘；然後起身，卻感到一時暈眩，略微定神，將劍配在腰際。我乘馬回首，眼看長眠的韓甯，以最後一眼告別，隨即帶著哀傷的心，縱馬遠去。

預言

韓甯之死，讓我多年動搖的腳步，更顯蹣跚欲倒。

假使不是因爲保護我，韓甯也不會送命；假使不是我執意欲回郢都，韓甯也不必負險——其實與秦卒無關，我才是害死韓甯的人。

我固執的私心，讓我失去此生最爲珍重的知交。

我到底還有何面目，繼續逃亡下去。

然而，我記不清自己逃亡多久，逃亡多遠，只知道自己來到一處江邊，躍下馬匹。我想，我應當知道此是何處，但我已疲憊至極，不願去做深入周圍的尋思。

看著藍天如洗，浮雲悠悠，對岸群山青翠，刺蓼遍佈草地，隨著微風輕輕搖曳，顯然玲瓏可愛，我的心卻非常哀傷。

此情此景，是一個王都淪陷的國家，能夠擁有的景象？即使可以，又還能，擁有多久？

不知從何而來的想法，讓我驅趕正在吃草的馬，馬受到驚嚇，奔逃無蹤。如此舉動，連我自己都有所疑惑，但還是給自己一個合理的解釋——這麼做對馬才是最好的，牠終於不用再跟我疲倦，不用重蹈同伴的覆轍，不用爲一個不知將來的人而痛苦死去。

我沉默以行，走至江邊，眼看自己的倒影。

除了枯槁和憔悴，我找不到別的言辭能夠形容，接著看見，自從遭到放逐南地以後，一身原本潔白的衣服，經過無數風霜，早就不復簇新。

所以，我多年的堅持，只換來窮途……末路？

我低下身子，掬取清水，略微清洗面貌。此時，一葉小舟划近江邊停下，持枻者吸引住我的目光——穿著褐褋褐袴，白髮蒼蒼，卻煥發容光的長髯老者，正凝視我。

我並不識他，可他卻給我一種熟悉的感覺。

老者對我頷首，我也朝他如此。

我感到不解，說道：「父老輕舟於此，是否我們曾見過？」

老者莞爾，並未回答，而是看我扣於腰帶上的帶鉤，說道：「鎏金蟠螭……你是屈平？終於再見到你……而你為何來到此處？」

「你竟能認出三閭大夫的帶鉤。」我如墮霧中，略微蹙眉，「敢問父老究竟何人？」

「老夫何人，此事重要否？若如此，你以為老夫應當是何人？」

老者不疾不徐，從懷裡取出一樣物品，我定睛細看，卻不可置信——那竟是鑲玉弧鳳帶鉤？

轉瞬之間，我充滿疑惑的思路，被打通一些，於是說道：「此樣帶鉤，鄭華也有一個。莫非……你便是前任太卜？」

「正是。」老者把帶鉤收回懷裡，「老夫便是前任太卜，名喚景覈。」

景覈？依稀記得我少年之時，父親曾有提過，據說他是大楚信史之中，最為接近諸神的覡，為何會出現於此處？讓我更為訝異的是，他是父親那時的人物，卻還行健於世？

我隨即行揖，說道：「太卜無恙。你……是否記得我父親？」

我有眾多疑惑想請問，卻還是先提起父親。

「老夫和伯庸是忘年知交，他爲人正直剛勇，老夫心中甚是敬佩。當年老夫險些被捲入朝廷黨爭，是他以屈氏之名，在大王面前力保，才僥倖得脫。」景覈搖頭，「雖貞象有警，有時卻也難以看清。」

「太卜，父親前往的那場戰爭，你還記得多少？」

「伯庸受命出戰秦國，作爲負責後方退路的援軍，卻不幸兵敗身死。消息傳回王都，老夫也錯愕不已，痛惜非常。」

「莫非父親被陷害？」我感到震愕。

「老夫也曾起疑，但終究是沒有憑據。朝中無人可倚，這是身爲太卜的命分，寂然靈鳳宮中，一生卜算未知，無人可對。」

「即使如此，我以父親爲國的不辱使命，感到身爲屈氏的光榮。」

「光榮終是虛名，老夫只以爲，當時不該戰而戰，致使伯庸枉送性命。」景覈嘆氣，「天運難違，回憶舊事，只是徒增煩瀏。你可敘說爲何來到此處？既然身爲三閭大夫，宗廟有難，你不是應當隨著郢都的陷落，而東向陳城？」

「太卜，陳城容易抵達，但這天下，究竟通往何處？」

「那如你所見，以爲此世應當如何？」

「世人混濁不堪，只有我是清流；眾人都喝醉，只有我還清醒。」我凝視水面，「回不了郢都，去不了陳城。」

「然而事實並非如此。老夫以爲你明白，聖人因爲思想曠達，所以可以不執著於所有事物，可以隨著世俗而進退轉移。既然世人都混濁，你何不順勢翻攪水底的汙泥，使清水變得混濁，而能夠同流合汙？既然眾人都喝醉，你為何不也跟著吃些酒糟，痛喝薄酒隨俗酣樂？何必表現出清高的思想與行為，致使自己遭到放逐？」

「太卜，你所說的，我不是不明白。只是我聽說，剛洗過頭，必然先彈掉帽上的灰塵才能戴；剛洗過澡，必然先振掉衣上的灰塵才能穿。你說我怎麼能讓乾淨的身體，遭到那些骯髒的玷汙？我寧願投入湘江，被水裡的魚群吃掉；又怎能讓我的清白之身，去蒙受世俗塵埃的汙染？」

「滄浪之水假使清澈，就用來洗自己的帽帶；滄浪之水假使混濁，就用來洗自己的雙腳。」景覈莞爾搖頭，「老夫此處，有一個你降生之後，便保存至今的物品，你是否要拿去？」

「那是何物？」我不禁感到好奇。

景覈蹲下，從一個棕色的匣子裡，拿出一個被深紅紗布裹住的物品，轉遞給我，說道：「伯庸在你出生時，請老夫去官邸，行命龜之事；此是老夫根據卜兆，刻於竹片上的貞象。」

「父親……」我接過竹片，「父親他策問何事？」

「他問老夫，你將來能否振興屈氏和楚國。」

我默然以對。

我心裡非常明白，我並未做到，因而我更急切想知道命龜的貞象。

我掀開深紅紗布，取出其中竹片，低頭細看，只見刻著「貞為祥，亦不吉。滿與憾，荊楚地」。

我此情難抑，渾身顫抖，一切都早已注定？

「太卜！」

我不禁驚呼，抬頭一看，景翾早已撐舟離去，順流而下，漸去漸遠。

滿與憾，荊楚地、滿與憾，荊楚地、滿與憾，荊楚地……我的心中不斷反覆著預言，回想職掌左徒時，王對我滿腹的信任，自己是多麼意氣風發；最後卻受到王的背叛，看他離自己越來越遠，直到天人永隔……滿與憾，不也就是滿語遺憾？

我的淚，正一點一滴落下；我的心，也一絲一毫碎掉。

我應當跟景翾一樣，自行一舟，順流而去？但順流而去，到達的將是秦國的天下，被迫成為大楚的遺民，這一點我再清楚不過，假使如此，我是否無愧大楚？

念頭一轉，卻衍生悵恨，恨我的心比王的郢都，更像孤城。這麼多年來，遇到困境，我總是習慣先撫心自問，卻忘記先問大楚——所作所為，是否無愧於我？

答案不言而明，卻成為我揮之不去的陰霾，還有那些如雨點般，落在身上的苦與痛。這些痛苦，從以前就在剝奪我的力量，直到現在，獨自一人。我已無法堅強下去，還是不斷地侵襲我，好像只要我活著，就永無止盡。

我感到疲倦至極，不想再走，觀察四周，終於認出自己到底身在何處。眼前北岸，巍然有山，整山桂林翠綠，那是我和韓甯被流放時，曾經待居的玉笥山。所以，此處便是汨水和羅水，交會合流之地。

我啞然失笑，不禁搖頭。原來，此處就是汨羅。羅子國的終點，靳尚復仇的起點。

而我眼前景色，也瞬間改變模樣——紛飛往事。我不得不承認，身為大楚的人臣，對於國家的捍衛，勝負已分，我無法阻擋，靳尚對於大楚所進行的毀滅。

毀滅的不只是大楚，也毀滅掉我的堅持和自信，還有理想。

更是斬斷屈氏的將來。

振興屈氏？父親，這一路行來，我竟如此失敗，現實讓我痛切心骨。

目前陽光的照耀，應當是溫暖和煦，我卻感到全身寒冷。

假使王還在世上，問我身為人臣，是否後悔？我知道，以前的自己，會用最倔強的態度否認；但現在，不斷湧來的混亂，加以內心巨大無比的空洞，把回憶顯露，讓我找不到言辭，自問自答。

我低頭看著手中竹片，再次掃視那十二字，卻感到更強烈的無助；轉念之間，決定讓自己眞正一無所有——於是兩手一綁，將竹片和深紅紗布，朝前拋擲，投入江水。

竹片隨著流動，迴旋而下，頃刻無影無蹤。

餘波

目送景覈之後，整理思緒懷想，卻只是徒勞。

忽然，我發現附近有一處沙地，異常平坦廣闊，儼然爲了什麼而如此形成。

我走到沙地，有一種沉靜的感覺——我尋思良久，才恍然而悟，像是在靈鳳宮那樣安寧，所有的聲音在此處都將停止。

我心中卻感到衝動，不知從何而起的念頭，我抽劍出鞘，以劍尖在沙地之上，從〈離騷〉的首句開始寫下——

帝高陽之苗裔兮，朕皇考曰伯庸。
攝提貞于孟陬兮，惟庚寅吾以降。
皇覽揆余初度兮，肇錫余以嘉名。
名余曰正則兮，字余曰靈均。
紛吾既有此內美兮，又重之以脩能。
扈江離與辟芷兮，紉秋蘭以爲佩。
汩余若將不及兮，恐年歲之不吾與。
朝搴阰之木蘭兮，夕攬洲之宿莽。

日月忽其不淹兮，春與秋其代序。
惟草木之零落兮，恐美人之遲暮。
不撫壯而棄穢兮，何不改乎此度？
乘騏驥以馳騁兮，來吾道夫先路。
昔三后之純粹兮，固眾芳之所在。
雜申椒與菌桂兮，豈維紉夫蕙茝？
彼堯舜之耿介兮，既遵道而得路。
何桀紂之猖披兮，夫惟捷徑以窘步。
惟黨人之偷樂兮，路幽昧以險隘。
豈余身之憚殃兮，恐皇輿之敗績。
忽奔走以先後兮，及前王之踵武。
荃不察余之忠情兮，反信讒而齌怒。
余固知謇謇之爲患兮，忍而不能舍也。
指九天以爲正兮，夫惟靈脩之故也。
曰黃昏以爲期兮，羌中道而改路。
初既與余成言兮，後悔遁而有他。
余既不難離別兮，傷靈脩之數化。
余既滋蘭之九畹兮，又樹蕙之百畝。

畦留夷與揭車兮，雜杜衡與芳芷。

冀枝葉之峻茂兮，願竢時乎吾將刈。

雖萎絕其亦何傷兮，哀眾芳之蕪穢。

眾皆競進以貪婪兮，憑不厭乎求索。

羌內恕己以量人兮，各興心而嫉妒。

忽馳騖以追逐兮，非余心之所急。

老冉冉其將至兮，恐脩名之不立。

朝飲木蘭之墜露兮，夕餐秋菊之落英。

苟余情其信姱以練要兮，長顑頷亦何傷？

攬木根以結茝兮，貫薜荔之落蕊。

矯菌桂以紉蕙兮，索胡繩之纚纚。

謇吾法夫前脩兮，非時俗之所服。

雖不周於今之人兮，願依彭咸之遺則。

長太息以掩涕兮，哀民生之多艱。

余雖好脩姱以鞿羈兮，謇朝誶而夕替。

既替余以蕙纕兮，又申之以攬茝。

亦余心之所善兮，雖九死其猶未悔。

怨靈脩之浩蕩兮，終不察夫民心。

衆女嫉余之蛾眉兮，謠諑謂余以善淫。
固時俗之工巧兮，偭規矩而改錯。
背繩墨以追曲兮，競周容以爲度。
忳鬱邑余侘傺兮，吾獨窮困乎此時也。
寧溘死以流亡兮，余不忍爲此態也。
鷙鳥之不羣兮，自前世而固然。
何方圜之能周兮，夫孰異道而相安。
屈心而抑志兮，忍尤而攘詬。
伏清白以死直兮，固前聖之所厚。
悔相道之不察兮，延佇乎吾將反。
回朕車以復路兮，及行迷之未遠。
步余馬於蘭皋兮，馳椒丘且焉止息。
進不入以離尤兮，退將復脩吾初服。
製芰荷以爲衣兮，集芙蓉以爲裳。
不吾知其亦已兮，苟余情其信芳。
高余冠之岌岌兮，長余佩之陸離。
芳與澤其雜糅兮，唯昭質其猶未虧。
忽反顧以遊目兮，將往觀乎四荒。

佩繽紛其繁飾兮，芳菲菲其彌章。
民生各有所樂兮，余獨好脩以爲常。
雖體解吾猶未變兮，豈余心之可懲。
女嬃之嬋媛兮，申申其詈予。
曰鮌婞直以亡身兮，終然殀乎羽之野。
汝何博謇而好脩兮，紛獨有此姱節。
薋菉葹以盈室兮，判獨離而不服。
眾不可户說兮，孰云察余之中情。
世並舉而好朋兮，夫何煢獨而不予聽。
依前聖以節中兮，喟憑心而歷兹。
濟沅湘以南征兮，就重華而敶詞：
啓九辯與九歌兮，夏康娛以自縱。
不顧難以圖後兮，五子用失乎家巷。
羿淫遊以佚畋兮，又好射夫封狐。
固亂流其鮮終兮，浞又貪夫厥家。
澆身被服強圉兮，縱欲而不忍。
日康娛而自忘兮，厥首用夫顛隕。
夏桀之常違兮，乃遂焉而逢殃。

后辛之菹醢兮，殷宗用而不長。
湯禹儼而祇敬兮，周論道而莫差。
舉賢而授能兮，循繩墨而不頗。
皇天無私阿兮，覽民德焉錯輔。
夫維聖哲以茂行兮，苟得用此下土。
瞻前而顧後兮，相觀民之計極。
夫孰非義而可用兮，孰非善而可服。
阽余身而危死兮，覽余初其猶未悔。
不量鑿而正枘兮，固前脩以菹醢。
曾歔欷余鬱邑兮，哀朕時之不當。
攬茹蕙以掩涕兮，霑余襟之浪浪。
跪敷衽以陳辭兮，耿吾既得此中正；
駟玉虬以乘鷖兮，溘埃風余上征。
朝發軔於蒼梧兮，夕余至乎縣圃；
欲少留此靈瑣兮，日忽忽其將暮。
吾令羲和弭節兮，望崦嵫而勿迫。
路曼曼其脩遠兮，吾將上下而求索。
飲余馬於咸池兮，總余轡乎扶桑。

折若木以拂日兮，聊逍遙以相羊。
前望舒使先驅兮，後飛廉使奔屬。
鸞皇爲余先戒兮，雷師告余以未具。
吾令鳳鳥飛騰兮，繼之以日夜。
飄風屯其相離兮，帥雲霓而來御。
紛總總其離合兮，斑陸離其上下。
吾令帝閽開關兮，倚閶闔而望予。
時曖曖其將罷兮，結幽蘭而延佇。
世溷濁而不分兮，好蔽美而嫉妒。
朝吾將濟於白水兮，登閬風而緤馬。
忽反顧以流涕兮，哀高丘之無女。
溘吾遊此春宮兮，折瓊枝以繼佩。
及榮華之未落兮，相下女之可詒。
吾令豐隆乘雲兮，求宓妃之所在。
解佩纕以結言兮，吾令蹇脩以爲理。
紛總總其離合兮，忽緯繣其難遷。
夕歸次於窮石兮，朝濯髮乎洧盤。
保厥美以驕傲兮，日康娛以淫遊。

雖信美而無禮兮，來違棄而改求。
覽相觀於四極兮，周流乎天余乃下。
望瑤臺之偃蹇兮，見有娀之佚女。
吾令鴆爲媒兮，鴆告余以不好。
雄鳩之鳴逝兮，余猶惡其佻巧。
心猶豫而狐疑兮，欲自適而不可。
鳳皇既受詒兮，恐高辛之先我。
欲遠集而無所止兮，聊浮游以逍遙。
及少康之未家兮，留有虞之二姚。
理弱而媒拙兮，恐導言之不固。
世溷濁而嫉賢兮，好蔽美而稱惡。
閨中既以邃遠兮，哲王又不寤。
懷朕情而不發兮，余焉能忍與此終古。
索藑茅以筳篿兮，命靈氛爲余占之。
曰：兩美其必合兮，孰信脩而慕之？
思九州之博大兮，豈惟是其有女？
曰：勉遠逝而無狐疑兮，孰求美而釋女？
何所獨無芳草兮，爾何懷乎故宇？

世幽昧以昡曜兮，孰云察余之善惡。
民好惡其不同兮，惟此黨人其獨異。
户服艾以盈要兮，謂幽蘭其不可佩。
覽察草木其猶未得兮，豈珵美之能當？
蘇糞壤以充幃兮，謂申椒其不芳。
欲從靈氛之吉占兮，心猶豫而狐疑。
巫咸將夕降兮，懷椒糈而要之。
百神翳其備降兮，九疑繽其並迎。
皇剡剡其揚靈兮，告余以吉故。
曰：勉陞降以上下兮，求榘矱之所同。
湯禹嚴而求合兮，摯咎繇而能調。
苟中情其好脩兮，何必用夫行媒。
說操築於傅巖兮，武丁用而不疑。
呂望之鼓刀兮，遭周文而得舉。
甯戚之謳歌兮，齊桓聞以該輔。
及年歲之未晏兮，時亦猶其未央。
恐鵜鴃之先鳴兮，使百草爲之不芳。
何瓊佩之偃蹇兮，眾薆然而蔽之。

惟此黨人之不諒兮，恐嫉妒而折之。
時繽紛其變易兮，又何可以淹留。
蘭芷變而不芳兮，荃蕙化而爲茅。
何昔日之芳草兮，今直爲此蕭艾也。
豈其有他故兮，莫好脩之害也。
余以蘭爲何恃兮，羌無實而容長。
委厥美以從俗兮，苟得列乎衆芳。
椒專佞以慢慆兮，榝又欲充夫佩幃。
既干進而務入兮，又何芳之能祗。
固時俗之流從兮，又孰能無變化。
覽椒蘭其若茲兮，又況揭車與江離。
惟茲佩之可貴兮，委厥美而歷茲。
芳菲菲而難虧兮，芬至今猶未沬。
和調度以自娛兮，聊浮游而求女。
及余飾之方壯兮，周流觀乎上下。
靈氛既告余以吉占兮，歷吉日乎吾將行。
折瓊枝以爲羞兮，精瓊爢以爲粻。
爲余駕飛龍兮，雜瑤象以爲車。

何離心之可同兮，吾將遠逝以自疏。
邅吾道夫崑崙兮，路脩遠以周流。
揚雲霓之晻藹兮，鳴玉鸞之啾啾。
朝發軔於天津兮，夕余至乎西極。
鳳皇翼其承旂兮，高翺翔之翼翼。
忽吾行此流沙兮，遵赤水而容與。
麾蛟龍使梁津兮，詔西皇使涉予。
路脩遠以多艱兮，騰眾車使徑待。
路不周以左轉兮，指西海以爲期。
屯余車其千乘兮，齊玉軑而並馳。
駕八龍之婉婉兮，載雲旗之委蛇。
抑志而弭節兮，神高馳之邈邈。
奏九歌而舞韶兮，聊假日以媮樂。
陟陞皇之赫戲兮，忽臨睨夫舊鄉。
僕夫悲余馬懷兮，蜷局顧而不行。
亂曰：已矣哉，
國無人莫我知兮，又何懷乎故都？
既莫足與爲美政兮，吾將從彭咸之所居。

寫下最後一字後，我感到氣力已竭，頹然坐在江邊。

此時，一團火紅的身影，猶如一陣風經過身旁，停留於眼前不遠。

我充滿訝異，立刻起身，站在江邊，看著那一襲龍鳳虎紋刺繡的袍服，我隨即認出那正是此生最熟悉不過的身影。

「大王？」我脫口而出。

但來者並未回答，也沒有回首，只是維持本來的姿態面向對岸，又或者，是在看江水波光粼粼？

我無法克制自己的感受，涉水向他走去。汨羅清澈的水，從我的腳踝，向上一寸一寸濕潤我的肌膚，及膝——在距離他身後不到十來步時。

我停下腳步，環顧周圍，再一次明白到，此生，只剩下自己。

不，我告訴自己，王就在前方，等待我。我還有何遲疑？

想到此處，我的腳步又繼續前進，但眼前的他，也開始前進，以和我同樣的速度在前進。我越走越快，他便越走越快，我始終都無法接近他。

無視江水滾滾，如此行走一段後，他不再前進。而我終於可以，抵達他的身邊。

來到他的背後數步距離，我才回神——江水已經淹至我腰際。我都能聞到，屬於陽光的江水的味道，是那麼清新，又讓我放心。

「大王。」我再次出聲。

我眼前的人，我朝思暮想的人，這次，終於回過身來，帶著月牙般的莞爾，容顏依舊，全是我熟悉不過的模樣，只是，我恍惚。

「大司命……？」我說道。

祂頷首以對，舉起左袖，一陣清風吹來，帶著無形之力，讓我身不由己，敞開雙臂，趨前擁抱祂。此刻，我感到心如止水，充滿失望和被流離肆虐的心，竟漸漸平靜，我不禁問自己，大司命如此，意欲讓我明白何事？

我緩緩閉上雙眼，感受善意的溫暖，思緒卻出現我的所有——在這一瞬之間，我突然明白，不光是我，王、子蘭、靳尚、鄭袖、屈☒、韓甯、曹筑、莊蹻等人，還有整個楚國，甚至全天下，都逃離不了緣分，所謂的命運。

我睜開眼，啞然失笑，只見大司命已潛入水中，笑容可掬的祂，從水面下看著我。

而我，面對在世代裡奔流已久的汨羅，眼淚不停掉落，卻連一絲屬於我的漣漪，都沒能掀起。

原來，是該讓一切的一切，在此處做一個徹底的完結。

我也潛泳，緊緊抱住大司命，抱住最眞實也最虛無的愛，讓自己沉淪，溫度漸漸冰冷的沉淪……沉淪無盡。

我，九死未悔。

全文完。

跋　從春秋楚國一路行吟而來的詩人

陳冠良

印象底，楚影寫詩，悱惻的情思在字裡纏綿，行間卻不迂迴。不假掩飾的愁緒是濃鬱的，但那一聲一嘆不曾停留地一字一句前行，不見得朝著雲隙透光的出口覓去，或許記得探索過程中，種種偶然的拾遺與必然的失去，才是無可替代的、本來的意義。

多麼巨大的勇敢，或執拗，得以凝視哀傷，乃至於孜孜不棄地傾訴？我總是好奇，那自持的靜定從何而生，如何在動盪的心潮裡拒絕漩渦？楚影曾經寫道：「詩人是巫者，是善於鎮魂，不著痕跡的那種。」莫非如此，他才能不疾不徐，舉重若輕，將生命層疊不窮的悲與怨，點指催化成撫心慰神的咒語，裊裊反覆，喃喃吟誦，療他者，癒自己。

五冊詩集，三百首詩之後。詩，也許成就了今時的楚影，但並未成全他與遙遠楚國的魂夢牽羈。

「從汨羅甦醒的靈魂，仍有一顆寄託文字的心。」楚影這樣一個名字，我想既是來自楚國的幽影，也是在追逐著楚國的殘影。古典意象與現代聲腔之間，只是時光差距，其中穿織的濃淡情緒，感情的磨礪，一如既往——一個念頭就寂寞了，一次躊躇就滄海桑田，困頓或釋懷，溫柔或決絕，關乎人生與人心的，總是迴繞一個同心圓的旋轉那般，清醒地暈眩著。

未曾探詢，那樣千年不斷的絲縷纏結，是啓始於怎樣的一種緣份，或者該稱之爲痴念呢？大概也不需要再問了，無論何者，楚影到底以這部《離騷未盡》娓娓道來綰接此生憂喜的滿懷情志。

從寫詩到寫歷史小說，乍以爲風馬牛不相及，然而，詩人化身小說裡的楚國詩人，親走一遭春秋戰國時期的崎嶇宦途，其實恰好有種適合度。

故事以宋代愛國詩人陸游藉屈原的〈哀郢〉爲題，長慨緬懷屈子並宣洩己忿的詩作揭幕，而一如其中的「離騷未盡靈均恨，志士千秋淚滿裳」，楚影這次暫且擱下詩句，改用紀錄片般的細膩鏡頭，貼身定焦地演繹屈原，將他從「格式化」的形象裡解放，立體刻畫他天定而無能迴避命運的懣恨與憾淚。

雖言命定，但就像人不可能孤立於世，完全獨善其身，屈平的萬般無奈，便在每個人物的各懷鬼胎、各有圖謀之間拉扯掙扎。屈平一生執其所志，愛其所擇，但時勢不站在他這一邊，大志難伸，無法實踐的變法，屢受詭誣之陷，幾回的生死交關，從握權到失勢，位居要職到流放邊陲，對國家的憂悒、悉民的磨難與自我的愧疑，一次次希望重燃，卻又一次次欲振乏力。胸懷願景的人，就難免看不清（或視而不見）近在眼前的，屈平明知楚王的昏聵，偏又不自禁緊掐一絲苟且盼望，抱持信念沒有錯，但他卻一錯再錯於對王不切實際的寄望。楚王在讒臣的誘使下賠上性命，等於也一併葬送了屈平不曾眞正踏上的

那條理想前途。屈平一度成於忠貞，終究也敗於忠貞，即便最後投江，仍是一心一意，步步不悔地追隨

那畢生執著，幾近幻影的「最眞實也最虛無的愛」而去……掩卷一刻，我忽忽意識楚影何以深願而書，洋洋灑灑此一悵傷已然定局的長篇故事——楚影當然不是屈平，但明明白白同是痴人啊，他怎能撇開視線不看，何忍不懸顫著一顆心去寫？

屈平滿懷憂患家國興衰，卻在爾虞我詐的政治上一敗塗地，殫精竭慮擘畫的治世藍圖夭折腹中，讀著書稿，在每段章節的推進中，不論笑他的耿直不阿，惱他的優柔寡斷，或咬牙切齒那些奸佞小人，到底只能剩下惋憐低喟。政治是一場大風吹，要順著輕躍或逆著艱行，從來都只是自己的選擇。不管是怎樣的典範，皆已夙昔，如若重來一遭，那溺眠於冰寒江水裡的魂魄，將怎麼決定方向，會同樣的一意孤行，還是不再重蹈讓未酬的壯志，沉淪爲永恆未盡的離騷？

詩人楚影，轉個彎寫出的《離騷未盡》精神上飽溢稠厚，沒有旁枝末節的蕪雜，敘事的推展專注，節奏流暢明快，作爲一部小說，一如他詩文風格般，不鋪張賣弄，既輕也重，而關於歷史的部分，除了在載冊的紀錄裡編織細節曲折，約莫就像屈平父親屈伯庸之語「歷史是殘酷的，沒有任何情面的」那樣，端看後來的人是否從那晦暗中看見一線光亮，淒苦裡學得一點慈悲。

楚影無疑是個痴心的詩人，他將〈離騷〉的故事，架骨骼塡血肉地從楚國一路行吟而來，但願彼時江上風凜，腰沒滾滾疾水，形單影隻的落魄詩人屈原的魂靈知悉了，終能獲得一絲寬慰。

Story ⓪④⑥

離騷未盡

作　者—楚影
主　編—李國祥
企　畫—吳美瑤
編輯總監—蘇清霖
董 事 長—趙政岷
出 版 者—時報文化出版企業股份有限公司
108019臺北市和平西路三段二四〇號三樓
發行專線—（〇二）二三〇六—六八四二
讀者服務專線—〇八〇〇—二三一—七〇五
（〇二）二三〇四—七一〇三
讀者服務傳真—（〇二）二三〇四—六八五八
郵撥—一九三四四七二四時報文化出版公司
信箱—10899臺北華江橋郵局第九九信箱
時報悅讀網—http://www.readingtimes.com.tw
電子郵箱—genre@readingtimes.com.tw
法律顧問—理律法律事務所　陳長文律師、李念祖律師
印　刷—勁達印刷有限公司
初版一刷—二〇二二年四月二十九日
定價—新臺幣三八〇元

時報文化出版公司成立於一九七五年，
並於一九九九年股票上櫃公開發行，於二〇〇八年脫離中時集團非屬旺中，
以「尊重智慧與創意的文化事業」為信念。

離騷未盡 / 楚影著. -- 初版. -- 臺北市：時報文化出版企業股份有限公司, 2022.04

面；　公分. -- (Story；46)

ISBN 978-626-335-319-0(平裝)

863.57　　111005389

ISBN 978-626-335-319-0
Printed in Taiwan